주군상서

주군상서

지은이 김정산
1판 1쇄 인쇄 2015년 4월 1일
1판 1쇄 발행 2015년 4월 8일
발행처 도서출판 옥당
발행인 신은영
등록번호 제300-2008-26호
등록일자 2008년 1월 18일
주소 경기도 고양시 일산동구 무궁화로 11 한라밀라트 B동 215호
전화 (02)722-6826 팩스 (031)911-6486

값은 표지에 있습니다.
ISBN 978-89-93952-61-2 03810

이메일 coolsey@okdangbooks.com
홈페이지 www.okdangbooks.com

이 도서의 국립중앙도서관 출판시도서목록(CIP)은 서지정보유통지원시스템 홈페이지
(http://seoji.nl.go.kr)와 국가자료공동목록시스템(http://www.nl.go.kr/kolisnet)에서
이용하실 수 있습니다. (CIP제어번호: CIP2015009409)

조선시대 홍문관은 옥 같이 귀한 사람과 글이 있는 곳이라 하여 옥당玉堂이라 불렸습니다.
도서출판 옥당은 옥 같은 글로 세상에 이로운 책을 만들고자 합니다.

주군상서

김정산 지음

옥당

차 례

1   입도 007

2   첫 번째 상서 025

3   회상 029

4   두 번째 상서 065

5   상가 071

6   남인 089

7   계략 117

8   세 번째 상서 129

9   반격 137

10 꿈결 165

11 살인 183

12 혼선 195

13 네 번째 상서 215

14 운곽 219

15 마지막 상서 237

16 결판 243

17 낙홍 291

1

임도

나를 태우고 온 배는 안강만安崗灣의 노을 속에 뱃머리를 밀어 넣는다. 붉게 번지는 뼈아픈 작별, 배 위에 내려앉는 희부연 물안개, 그 너머로 울긋불긋 미륵산 홍엽이 환상처럼 아른거린다.

계미년 가을, 날씨는 종일 푸르고 좋았다.

나도 진종일 푸르고 좋았을 때 있었으리.

세상 끝나는 곳에서 다시 근원으로 회귀하고 싶은 것은 비단 물고기뿐 아니다. 하지만 어찌하리. 돌아갈 방법이 없는 것을. 그래서 여기까지나 흘러오지 않았던가.

피 묻은 칼 강물에 씻는다. 어차피 한번 사나이 가는 길, 외로움도, 처량함도, 그 모두를 더한 것보다 몇 배나 강렬

한 피맺힌 보고 싶음도 모두가 넘어야 할 산이고 건너야 할 강이다.

한 시간이나 노를 저어 온 사공은 일찍 상처하고 딸 하나를 키우며 살았다고 했다. 세상에 수도 없이 널린 군색하고 가난한 이야기 하나를 더 들으며 간밤을 거의 뜬눈으로 지새웠다. 홍이, 그래 그이도 홍이였던가. 열아홉, 철없을 때 만난 내 첫사랑.

인생은 한순간에 송두리째 무너질 수 있다.

그 무서운 괴력은 바깥이 아니라 안에, 자신의 내면에 존재한다는 사실을 깨닫게 해준 여인. 그이 덕분에 다시는 그런 자멸의 늪에 빠져들지 않았다.

팔을 등 뒤로 뻗으면 손에 닿을 듯한 거리가 헤아리니 어느덧 삼십 년, 그렇구나. 인생 참 빠르고 허무하구나. 그런데 또 한없이 길고 지루하구나. 헤어지고 30년 가까이 흐른 옛날 인연을 밤새 더듬고 어루만진 까닭은 필시 사공의 객쩍은 단언 때문이리.

그가 그랬다. 생사가 갈려 비록 일찍 헤어졌어도 자신은 첫사랑 만나 결혼도 하고 아이도 낳은 행운아라고. 그렇다, 행운아라고.

여기는 도섬, 오른쪽은 만강灣江에 닿고 왼쪽은 안강만 너머로 서해다. 민물과 갯물의 접지. 내포에서 들어오면 강물 따라 가깝고 외포에서 배 타면 바닷물길도 험한 데다 갑절은 멀다. 사람들은 열에 열, 다 내포로 다닌다.

거길 왜 외포에서 들어가요? 외포 배는 배 갖다 댈 나루터도 없는데. 내포까지 걸어가서 배 타세요.

사공과는 저녁 같이 먹고 집에 따라가서 하룻밤 신세도 졌다.

여광이 빠져나가면서 안개 무겁게 깔리고 그 위에 먹물 번지듯 어둠이 짙어진다. 한여름 지나자 밤 오는 게 한순간이다. 지상의 법칙은 어디서나 그렇지. 밝아오는 것은 서서히, 어두워지는 것은 순식간이다. 본래 이런 곳인 줄 진작 알았더라면 무슨 다른 방도 있었을까?

"저기, 나리."

등 뒤에서 나는 기척에 비로소 고개를 돌린다.

"장선다님이신지요?"

"그렇소이다."

고개를 따라 몸도 돌아간다. 어둠을 배경으로 붉은 호롱과 사내 얼굴 도드라진다. 몇이나 먹었을까. 나보다 대여섯은 어려 보인다. 혹시 전에 본 얼굴인가? 설령 그렇더라도 어차피 서로 알아보지 못한다면 그 또한 생면부지 아니던가.

"먼 길 오시느라 얼마나 노고가 크십니까, 저는 우상 대감 본가에서 머슴 사는 성노치라고 합니다요. 여기서 우상 대감을 시봉하고 있습지요."

말투 공손하고 태도 살갑다. 이름은 낯설다. 권세 쥐면 돈도 모이고 사람도 바글거린다. 기왕이면 종살이도 정승 집에서 한다지. 그럼 이자 역시 어디선가 권세 좇아 날아온 그렇고 그런 불나방인가.

"나리 오신 걸 워낙 비밀로 해야 한다고 해서."

사내가 말꼬리를 잠시 흐린다.

"온 섬이 장례 준비로 부산스럽고 본가에는 일문들이 다 모여 있어서."

거처를 엉뚱한 곳에 마련했다는 얘기를 그처럼 길고 어렵게 한다. 어디면 어떠리. 세상 밖이라면 몰라도 나머지는 다 마찬가지 아닌가.

호롱불 끄고 그가 앞장선다. 해 빠져나가며 남겨놓은 여광에도 길은 그런대로 보인다. 앞에서 걷는 모습 따라가며 지켜보니 그냥 머슴은 아니다. 뭘 좀 배우고 닦은 움직임이 틀림없다.

"본가에서 오랫동안 쓰지 않던 헛간을 급히 치웠습니다. 본채나 별채와도 완전히 동떨어져 있고 외풍도 덜해서 하루 이틀은 지내실 만할 겁니다."

얕은 야산 하나를 넘는다. 어둠에 젖어가는 넓은 먹색 기와 여러 채 내려다보인다. 그곳을 등지고 산비탈을 내려가서 축담 하나를 또 넘는다. 역시 몸놀림이 예사롭지 않다.

"여깁니다."

"전에 이 헛간 옆으로 낡은 축사가 하나 있었지."

"그걸 어떻게 아십니까?"

노치가 화들짝 놀라며 반문한다.

"땅에 흔적이 있네. 아직 살기도 흐르고."

"그게 정말로 눈에 보이십니까?"

놀라는 노치 눈빛 반짝거린다.

"아, 과연 이름난 분은 다르시군요. 정말 예리하십니다!"

감탄이 이어진다. 경계보다는 존경의 표현이다. 그러나 그가 이미 어느 경지에 도달한 무인이라면 그 마음은 자신도 모르는 사이에 곧 경계심으로 바뀔 것이다. 배우는 자는 고수를 경계하지 않는다. 고수를 경계하는 자는 배움이 끝난 자다.

"얼마 전에 무당을 불러 굿을 했는데 축사가 대감의 길운을 극한다는 말이 있어서."

헛간 앞에서 노치가 문을 연다. 과거로 통하는 문, 언제나 불편한 기억의 중심에 있던 곳이다. 어둠 가득한 내 과거로 먼저 들어간 노치가 손에 든 호롱을 다시 밝힌다. 그의 존재는 내 과거에는 없다. 아무리 기억을 더듬어 봐도 말이지.

과거를 되새기는 일은 누구한테나 허망하다.

삶이란 게 그렇지. 어제까지는 모두가 꿈, 내일은 아직 오지 않았다. 아니, 내일은 영원히 오지 않는다. 현실은 항상 오늘뿐, 바로 지금 여기, 이 순간뿐. 이런 흐름의 법칙은 끝없이, 끝까지 되풀이된다.

모든 오늘은 어제로 변하고 내일은 영원히 오지 않는다.

우리는 늘 어제까지의 허망한 과거와 절대로 오지 않는 내일 사이에 놓인 신기루 같은 하루하루를 살다가 때가 다하면 사라질 따름이다. 그것이 인생 아닌가.

인생이란 실존하지 않는 가상의 내일이 나란 정체불명의 괴물체를 거쳐 역시 실존하지 않는 어제로, 허망한 과거로 변해가는 과정을 시시각각 경험하는 것이다. 그런 해괴한 현상을 속수무책으로 당하면서 지켜보는 것이다. 가만히 앉아서 당하고 지켜보는 것이 아니라 병들고 망가지고 늙어가면서 당하고 지켜보는 것이다.

인생은 어제도 아니고 내일도 아니다. 그렇다면 오늘이냐, 그것도 아니다.

한마디로 인생은 없다. 방금 내가 무슨 짓을 했지, 물어볼 여가도 없이 그 흔적은 연기처럼 사라져버린다. 그런데 내가 한 짓이면 어떻고 네가 한 짓이면 어떤가?

한동안 살면 네가 내 같고, 내 속에서 너도 보인다. 피아가 차츰 무의미해진다. 우리 모두 마찬가지다. 없는 것을 있다고 믿고 사는 신기루, 그게 바로 인생이리라.

"선다님 여기 들어오신 걸 아는 분이 수령군 나리 말고 또 있습니까?"

"없소."

나는 고개를 젓는다. 주군은 우상을 보호하고 지켜주라고 지시했다.

되도록 몸을 숨겨라. 네가 드러나면 나도 드러난다. 아직은 우상과 우리가 한배를 탄 게 알려져서 좋을 게 없다. 세간 구설에 휘말려 어찌 옳은 임금이 되리.

주군은 잠시 침묵 끝에 덧붙였다.

하지만 우상에게만은 우리가 한배에 탄 걸 분명히 해둘 필요가 있지. 너는 나의 분신이니 네가 내려가기만 해도 이미 절반은 도운 것이나 진배없다. 내려가라.

주군은 되도록 말을 아꼈다. 그러나 곁에서 이미 십 년이다. 말하지 않으면 모르랴.

헛간 한쪽에 미리 봐놓은 밥상 끌어당겨 다 먹을 동안 노치는 얌전히 곁에서 기다린다. 식은 숭늉까지 말끔히 비우고 나자 노치가 웃는다.

"외포 나루엔 요기할 곳도 마땅찮지요?"

"내포엔 흔한가?"

"그럼요, 거긴 장도 서고 구경거리도 많지요. 조무래기들 빽빽이 사서 불고 다닌답니다."

"내포 외포 갈리기 전, 장성현에만 들어서도 장꾼들 난리 났던걸. 도섬에 높은 사람 초상났다고, 어서 들어가서 난전 펴자고."

사실은 말일세, 내포인들 왜 안 갔겠나. 오는 길 복잡했다네. 세상 이목 피해서 들어가려니 어쩔 도리 없었지. 눈에 띄면 안 된다고 그렇게도 신신당부 받고 온 것을.

"외포엔 도섬 오는 나룻배도 귀할 텐데 무얼 타고 들어
오셨습니까?"

"혼자 사는 사공을 한 사람 사귀었지."

"아, 그랬군요!"

그럼……?

노치가 말허리 끊고 눈치 살핀다.

"사공은 나리를 알지 않습니까?"

"그렇긴 하지만 지금은 그이도 사라졌지."

"아, 네."

그가 비로소 흡족한 낯으로 고개 끄덕인다.

"위엔 그렇게 전해 올리겠습니다요."

"저녁 잘 먹었소."

"말씀 편히 하세요."

"그럴까?"

"그러믄요."

쉬라는 인사 남기고 노치, 다 비운 밥상 들고 나간다.

혼자 남은 헛간, 호롱을 들고 여기저기 비춰본다. 불빛에
드러난 창고는 옛날 기억과 크게 다르지 않다. 심지어 거미
줄도 그대로다. 가마니 위에 깔린 정갈한 요와 이불, 그게

다르다면 다르다.

삼십 년 만에 그만큼 대접을 받는 걸까.

또 한 가지 굳이 다른 걸 찾는다면 창고 규모다. 기억에는 어마어마한 크기의 광이었다. 부잣집은 광도 집채만하다고 느꼈다. 그런데 이제 보니 기억의 절반에도 못 미친다. 따라오면서 봐둔 지형지세만 아니면 다른 헛간으로 착각할 정도다.

창고만 그러한가.

사람도 전에 알던 크기가 아니지. 옛날에 우상은 유배지에서 갓 돌아온 감투 떨어진 벼슬아치에 지나지 않았다. 그래도 내 눈엔 천하에서 가장 높고 힘센 사람으로 비쳤다. 지금은 일국의 정승, 그야말로 나는 새도 떨어뜨리는 세도가다. 그런데도 그때만큼 대단해보이진 않는다. 어려서는 모든 게 커 보이는 법, 그의 성장 속도만큼이나 나도 세속에서 잔뼈가 굵었다.

아무리 그렇다곤 해도 수령군 문하에 들어와서 심숙보를 정면으로 마주쳤을 때의 충격은 상당했다. 함께 있던 주군마저 느낄 진동이었으니까. 예민하고 자상한 주군은 귀엣말로 왜 그러느냐, 몸이 좋지 않으냐고 속삭이듯 물었다.

우상은 당연히 나를 알아보지 못했다. 어찌 알아볼 리 있으랴. 아는 나도 그의 모습은 생소했다. 단 한 군데도 비슷한 데가 없었다. 완전한 딴사람, 달라도 어쩌면 그리 다른지, 그렇다면 지금껏 나는 허상을 좇았더란 말인가!

기억을 어디까지 믿어야 할지 심각한 혼란에 빠졌다. 스스로를 신뢰하지 못하는 것만큼 불쾌하고 불편한 일은 없다.

혹시 내가 잘못된 사람일까.

피아의 관념에 지나치게 함몰되면 세상 사는 균형을 잃어버리지. 어려서는 얼굴도 모르는 아버지, 이해하지 못한 것처럼. 그러나 피아의 관념에서 벗어나 넓은 세상 그대로 받아들이면서 그릇된 편견도 바로잡고 산다. 아버지는 어머니와 신분이 달랐다. 어쩌면 그는 내가 세상에 존재하는 지조차 모를지도 모른다. 아마 틀림없이 그럴 것이다. 제 새끼 보호하려고 내 발목 문 어미 개는 아픔만 가시면 곧 용서할 수 있으니까.

여운 심숙보, 그 또한 누군가의 아비였으니 자식을 위해 나를 해칠 수도 있었으리.

만일 그를 이해한다면, 이제 돌아보니 나에게 남은 깊은 상처가 모두 내 잘못이라면 아, 그럼 지금까지 살아온 내

삶이 송두리째 물밑으로 가라앉는다.

이봐, 젊은이. 어서 나오시게.

광을 열어준 이는 돌림병에 아들 잃은 노인, 나는 뒤도 돌아보지 않고 뒷산으로 그냥 내달렸다. 살아야했다. 살아야지, 무조건 달아나야지, 오직 그 일념 하나였다.

날짜 얼마나 갔는지, 아마 족히 열흘은 되었으리.

광에 갇힌 동안 쌀 한 톨, 물 한 모금 주지 않았다. 오한이 급습해도 먹은 게 없어 몸이 떨리다가 말았다. 몸을 떨어야 체온을 높일 텐데 떨 힘이 없으니 차갑게 식어만 갔다. 싸늘하게 팔다리, 아랫도리와 허벅지 식어가는 것을 느끼며 차츰 정신도 혼미해졌다. 그러고도 다시 며칠이 더 흘렀는지 모른다.

"참 대단한 사람이다."

주군은 새삼 탄복했다.

타고난 승부사답게 한치 앞을 내다보기 힘든 긴박한 상황에서 우상은 과감히 승부수를 던졌다. 좌상 일파가 첫째 왕자 복령을 옹립하고 왕후의 재가를 받아내기 직전이었다. 후임 결정권을 쥔 왕후와 어떻게 독대에 성공할 수 있었는지는 지금도 의문스럽다. 초저녁부터 늦은 밤까지 이어진 두 사람의 비밀회동에서 당연히 깊은 이야기가 오갔을 것이다. 결과는 우상의 완승, 이전까지 복령에게 가 있던 왕후의 마음이 그날 이후 주군 쪽으로 급선회했다. 모두가 우상의 공이었다. 정적政敵인 좌상과 그 일파에겐 당연히 눈엣가시였으리.

"능히 표적이 될 만하지."

우상을 겨냥한 암살 움직임에 주군은 인상을 찌푸리며 고개를 끄덕였다.

조문을 빙자해 자객을 낸다는 정보였다.

섬에서 죽은 우상의 아버지는 평생 선영을 지킨 고향의 굽은 소나무였다. 극진한 효자로 알려진 심숙보는 부음을 듣는 즉시 고향으로 내려갔다.

권력이란 굳이 청하지 않아도 사람들이 저절로 모여드는 한겨울의 아랫목, 혹은 화롯불 같은 것이다. 그 주변으로 날아드는 자들은 대개 빈손으로 오지 않는다. 그들이 가져오는 것들은 권력이 커지고 구체화될수록 가치 있고 값도 나간다.

"좌상의 사랑에서 긴한 모의가 있었습니다."

'강재'라는 사내였다. 그는 자신을 도승지 양명길의 책

사라고 소개했다. 나도 잘 아는 양명길, 좌상의 심복임에
틀림없다.

"조객으로 꾸며서 섬으로 자객을 낼 겁니다. 무리수지
요. 그러나 저들로선 무슨 수라도 써야 할 만큼 사정이 다
급합니다."

누가 그 일을 맡을지는 아직 정해지지 않았지만 곧 결정
을 볼 것이다. 모의에 참여한 서북파 핵심 인물 다섯 명의
이름이 차례로 나왔다. 왜 그런 고변 여기 와서 털어놓는
가. 무슨 이유이며 무엇을 바라는가?

"특별한 이유는 없습니다. 그저 대의를 좇는다고나 할까."

거짓말이다. 그럴 리 있으리.

"저는 그저 수령군 나리께서 용상에 앉으시기를 바랄 따
름입니다. 몸은 비록 건너편에 있으나 마음만은 여기 둔 지
오랩니다. 수령군께서 임금이 되어 태평성세를 열어 가신
다면 그걸로 만족합니다."

"보기 드문 기특한 자로다. 정말 그뿐인가? 이제 그만 털
어놓게나."

잠시 머뭇거리던 그가 겸연쩍게 웃는다.

"나리, 저하고 술 한잔 하시렵니까?"

변절의 이유가 명백할수록 제보에 대한 신뢰감이 높아
진다. 만일 뒷얘기 털어놓지 않았더라면 그가 한 말은 일고
의 가치도 없어졌겠지. 내가 여기까지 내려오는 일은 더욱
없었을 게고.

변절자를 보는 주군의 의심은 나보다 훨씬 깊다. 거의
동물적인 본능이다. 지위 높을수록 변절자를 꺼리고 싫어
한다. 심지어 자신에게 도움을 주는 변절마저도 본심으론
달갑게 여기지 않는다. 생래적으로 변절자를 꺼리는 무언
가가 몸에 흐르는 것 같다. 왕가 핏줄이라 그런가.

주군은 말한다. 이유가 명백하지 않으면 변절자의 말은
모두가 거짓이라고.

"사랑 때문입니다."

내 답변을 듣고야 주군은 비로소 관심을 보였다.

"모시던 양명길의 첩과 정분이 났는데 그 사실을 우연히
좌상에게 들켜 하루하루가 바늘방석인가 봅니다. 좌상이
그런 일을 알아도 떠벌릴 사람은 아니지만 이용할 만큼 이
용할 사람은 분명하지요."

사내는 서른셋, 글을 읽느라고 단 한 차례도 사랑 같은
건 해본 적이 없었다. 그에게 사랑이란 강 건너 먼 불빛, 하

룻밤 스쳐가는 여인을 품어본 것도 손에 꼽을 정도였다지. 처자식 같은 건 꿈조차 꿔본 적 없고요.

"불충한 놈이로다."

어느새 주군은 좌상과 승지의 입장에서 상황을 인지했다. 아무리 해도 안 되는 것인가!

그러나 나는 또 앵무새처럼 같은 말을 반복한다.

충과 불충을 논하기에 앞서 먼저 사람을 보소서. 만백성이 주군께 안기고 기대려고 달려올 때 미리부터 호불호를 드러내지 마소서. 덕화는 옳고 그름에 있지 않고 오로지 너그러움에 있나이다. 지금은 억조창생의 억만 가지 고충과 기대를 웃음으로 헤아리고 가슴으로 품어 안아야 합니다. 한 남자와 여자가 만나 서로 사랑하는 것은 그 자체로 얼마나 아름다운 일인지요. 부디 아름다운 것만 보소서.

'소매'라는 그 여인은 승지의 수많은 처첩 가운데 하나입니다. 굳이 이면을 살피려면 제도가 인정에 미치지 못함을 눈여겨보소서. 지금은 제도 위에 주군이 있어야 합니다. 제도로써 엄격히 질책하는 일은 나중에 해도 늦지 않습니다.

그쯤 말이 나가면 대개 반발이 있기 마련이다. 그러나 주군은 최근에 당태종과 위징의 중국 사료를 공부한 때문인지 도를 넘은 나의 고언을 책망하지 않았다. 정관시대 사료는 만인이 우러르는 당대 석학 '초개선생'이 강독했다.

"당태종이 보여준 가장 위대한 점은 한때 자신을 죽이려던 정적 위징을 곁에 두고 간헌대부라는 직책을 맡겨 끊임없이 자신의 언행을 비판하고 바로잡도록 만든 일입니다. 이는 자칫 쉬워보여도 인간의 역사 1만 년을 통틀어 오직 그이만이 실행한 일이지요. 하루 이틀은 그럴 수 있습니다. 너그러운 성품이라면 또 사나흘은 그럴 수 있어요. 하지만 일 년 삼백예순 날, 십 년 삼천육백 날을 신하로부터 자신을 책망하는 듣기 싫은 소리를 계속해서 들어낼 수 있는 군주는 천지개벽 이후 오로지 이이 한 사람뿐이었나이다. 정관(당태종의 연호)의 위대함은 그 철저한 인내력과 엄격한 자기검열 위에 있음을 아셔야 합니다."

그때 주군의 반응은 어떠했던가?

잠자코 있었던가, 아니면 고개를 끄덕였던가?

글쎄, 잘 기억이 나지 않는다.

첫 번 째 상 어

섬에 들어와 우상이 내어준 창고에서 하룻밤을 묵습니다.

아직 우상은 만나보지 않았고, 조문객은 아마 내일부터 밀려들 것 같습니다. 장성현과 내포현에는 이미 평소보다 갑절은 넘는 나룻배, 거룻배들이 장사진을 치고, 주막에서도 손님을 맞을 준비와 안줏거리를 마련하느라고 정신없이 바쁩니다. 만강이 흐르고 최대 인파가 밀어닥칠 거라며 주민들은 잔뜩 기대에 부풀어 있었나이다.

봇짐을 짊어진 외지의 장사치들과 토박이 장꾼들이 서로 뒤엉켜 주먹다짐하던 중에 그만 하나가 죽고 말았습니다. 이 일로 포구는 지금 전쟁터를 방불케 합니다. 내일 관청에서 사람이 나와야 정리가 되지 않을까 합니다.

사람 사는 세상은 본래 끔찍하고 살벌합니다. 구차하고 비루하며 더럽고 악랄한 곳이 저자요, 속세간입니다. 주군께서는 이처럼 험악한 세상을 단 한 번도 경험한 일이 없습니다. 그런 주군께서 어떻게 이런 세상을 다스릴지, 주제넘은 걱정이 떠나지 않습니다. 결국엔 앞서 살다간 수많은 왕의 치세와 똑같지 않을지. 그렇다면 반드시 주군께서 임금이 되어야 하는 이유는 무엇인지. 아뢰옵기 송구하오나 복령이면 어떻고 금령, 차령이면 또 어떠하리까.

남으로 내려오니 늘 보던 북극성이 더 멀고 푸릅니다.

잠행을 권하고 또 권합니다.

많이 보시고 많이 들으소서.

외람되오나 유사에 길이 빛나는 성군이 되는 길은 저 밤하늘의 별에 가닿는 만큼이나 멀고도 고독한 길이 아닌가 합니다.

3

회
상

잠이 올 리 있는가. 실로 오랜만에 연홍이 그림자를 꺼내 다시 어루만진다.

내 안에서 그 모습 지금도 오롯이 되살아나는가. 하도 오래 곱씹어서 너덜너덜해진 그림책, 닳고 닳아서 희미해진 얼굴과 웃음. 하지만 포말이 부서지듯 입안 가득 하얀 이를 활짝 드러내고 웃는 그 특유의 웃음만은 간밤 꿈에 본 듯 또렷하다. 그때 꼭 한 번, 잠깐 하얗게 피었다가 이내 사라진 내 젊은 날의 물거품을 상징하듯이.

소녀는 법당 한쪽 구석에서 저녁내 훌쩍거렸다. 사람 좋은 상규스님은 눈을 질끈 감고 고개를 절레절레 흔드는 시늉으로 내게 참견하지 말라고 경고했다.

그래도 마음 쓰였다. 그때만 해도 나는 그 소녀가 누구인지 알지 못했다. 낯선 도섬, 머리를 깎은 춘성 청평사에서 곧장 이곳으로 온 지 불과 서너 달 뒤였다.

중은 제 머리를 깎아준 은사를 죽을 때까지 따르고 섬긴다. 은사의 옷자락을 놓치면 그곳이 나락이다. 놓치면 죽는다는 절박한 마음으로, 노란 햇병아리가 어미 닭을 따르듯이 은사를 좇아야 한다. 머리를 깎아준 사명 큰스님의 명이었다.

상진아, 상규를 따라 도섬 해윤사로 가라. 네 몸에 묻은 살기殺氣를 씻어내는 데는 물 흔한 곳이 최고다.

은사가 내린 나의 법명은 상진常進, 늘 정진하라는 무거운 뜻이 담겨 있었다.

한 번을 울었던가, 아니다. 두 번, 아니 세 번을 울었던가.

이제 돌아보면 소녀는 항상 울었던 것 같다. 늘 슬프고 처량한 소녀, 그녀가 웃을 수만 있다면 무슨 도움이든 주고 싶었다. 언뜻 보기엔 비슷한 또래, 울던 소녀는 언제부턴가 나를 보면 묘한 표정을 짓곤 했다.

그 묘함, 갖가지 상상을 그려내던 오묘함, 웃는 듯 웃지 않고, 의식하면서 의식하지 않고, 아무것도 하지 않으면서 또한 수많은 말을 걸어오는 소녀의 오묘함은 지금 떠올려도 신비롭다. 나만의 착각이라고, 소녀가 내 앞에서 펑펑 소리 내어 울 때까지는 스스로 경책의 끈을 놓지 않았다. 달도 숨은 캄캄한 밤, 한 치 앞도 분간하지 못할 칠흑 어둠 속에서 소녀가 드디어 내 손을 붙잡았다. 살며시 쥐고 바들바들 떨던 손길, 코끝에 왈칵 느껴지던 달큼한 향내, 아무리 꿈이라 해도 잊을 수 없던 땀 냄새, 머리냄새, 뭐라 표현하기 힘든 고향의 저녁 냄새. 상규스님은 그 모든 게 수컷을 유혹하는 암내라고 규정했다. 여자냄새 말이다.

계집이 속이 차서 사내를 품을 나이가 되면 흔히 그런 암내를 내지. 수컷이 맡으면 정신이 혼미해지면서 욕정을 불러일으키는 냄새, 거기 빠져들면 죄 많은 영혼이 우글거리는 지하 깊숙한 아수라장에 인연의 두레박을 내리는 게라. 그걸 타고 지옥에서 영혼이 하나 올라오지. 그렇게 돌고 도는 이 사바세계의 악순환을 끊어야 해. 욕정에 넘어가서 두레박을 내리면 금생도 끝이야. 명심하라고!

상규스님도 여인을 사랑해 본 적이 있는가.

대답 대신 그가 빙그레 웃었다.

인생이 꿈인데 또 사랑을 한다고? 그건 꿈속에서 또 꿈을 꾸는 거야. 그렇게들 인간은 끝없는 미망의 나락으로 빠져드는 거라고.

그러나 나는 스님처럼 소녀의 훌쩍이는 아픈 사정을 철저히 묵인하거나 간과할 수 없었다. 불의를 보고 참는 것은 진정한 수도의 길이 아니다. 그냥 그저 비겁한 대응일 뿐이다. 저 혼자 살려고 남의 불행을 외면하는 것이다. 스님은 사정을 알고도 고개를 흔들었던가. 아닐 것이다. 소녀는 나한테 처음 그 얘기를 털어놓는다고 강조했다.

부처님은 사람을 죽여 달라는 소원도 들어주시나요?

찐 고구마를 건네는 내 손등 위에 살그머니 자신의 손등을 포개고 소녀가 떨리는 목소리로 도움을 요청했다. 한 사람의 인생이 송두리째 바뀌는 순간이었다. 운명이었을까. 만일 그때 나 또한 법형처럼 눈을 질끈 감았다면 그 뒤의 이런 생애 피해갈 수 있었을까…….

부질없지, 이제 와서.

뭐라고요? 나는 귀를 의심했다.

어리고 청초한 소녀가 그런 말을 하다니!

절에 온 소녀는 주로 대가의 하인들이 와서 데려가곤 했다. 하지만 딱 한 번, 문제의 그 종숙이란 자가 다녀간 적이 있었다. 도섬에서 첫손에 꼽는 문중의 장자, 장손, 소녀에게 종숙이던가, 당숙이었던가.

밤마다…….

밤마다 뭐?

소녀는 말을 꺼내고도 한참을 망설였다.

짐승으로 변해 나를…….

소녀는 더 말을 잇지 못했다.

언제부터?

소녀가 전임 이조정랑의 딸임은 그때 알았나, 그 뒤에 알았나?

법형이 귀띔했다. 대감, 소감, 영감, 땡감, 전부 다 추풍낙엽처럼 날아가 버렸다고. 당쟁과 사화에 일패도지一敗塗地하고 백문이 결딴났다고. 이조정랑이면 무엇 하나. 앞문 뒷문에 용 그리고 범 새기면 무엇 하나. 양반이 좋고 벼슬은 더 좋지만 임금과 시절을 잘못 만나면 하루아침에 구족이 화를 입는다고. 우린 비록 크게 흥할 것도 없지만 천둥번개와 노상참변만 피하면 그래도 우리네가 낫지 않느냐고.

정랑은 강화로 갔다던가. 소녀는 어머니를 여의고 혼자 도섬 문중으로 왔다.

나를 좀 구해줄 수 있어요?

소녀가 절박한 눈빛으로 물었다. 아니 그것은 질문이 아니라 애절한 요청, 살려달라는 간청이었다.

부처님의 힘을 믿어보세요.

스님은 그렇게 말하라고 조언했다.

이미 지은 죄업이 수미산을 덮고도 남는데 거기서 또 사람을 해치면 지옥 가느니라. 절에 오기 전에 잠깐 칼 배웠다가 사람 몇 베고 그만두었다. 처음 벤 사람은 지금도 가끔 꿈에 나온다. 심지어 그때 돌 던져서 죽인 가슴 붉은 굴뚝새도 심심찮게 꿈에 나와 짹짹거린다. 법형은 그걸 꼬집었다. 머리 깎기 전의 내 전생을.

그러나 조언은 너무 멀고 충고는 현실감이 떨어졌다. 그보다 훨씬 가까운 거리에 소녀는 있었다. 초롱초롱한 눈빛, 우물보다 깊고 샘물보다 맑은 무언의 반짝거림으로 소녀는 내게 매달렸다.

먼 훗날의 일, 지옥 또 가면 어떠리.

나는 이를 악물고 소녀가 내민 손을 맞잡았다.

오늘 밤 부처님의 힘을 한번 믿어보세요.

이 검법은 불의를 물리치고 널리 세상을 이롭게 하는 구제 사업에만 써야 한다.

그 밤, 나는 손에서 염주를 내려놓고 내게 칼을 처음 쥐여준 정규 스승을 떠올렸다.

마음심心자 하나면 세상에 베지 못할 것이 없다.

상대의 마음을 읽고 글 쓰듯이 칼 쓴다는 필검筆劍, 그 필검의 창시자인 와선당의 수제자가 정규 스승이다. 나이 열아홉에 식년무과에 급제한 주인공, 그도 결국엔 당쟁 때문에 뜻을 접었다던가.

세상이 나를 막아설 때 치고 앞으로 나가느냐, 미련 없이 돌아서느냐. 사나이 운명은 그때 갈린다. 나는 돌아섰으니 무슨 할 말이 있으리.

열여섯에 운수승이 데려다 놓은 사납고 멋모르는 아이를 스승은 마음을 다해 가르쳤다.

내가 진검을 들고 처음 배운 것은 필검 중에서도 마음심. 점을 찍고 돌아서며 칼날로 끊어서 베면 과연 천하에 베지 못할 것이 있을까 싶었다.

그것 하나로 몇을 베었던가. 베고 돌아서서 지우면 또한 감쪽같이 사라지는 것이 마음심, 참으로 묘한 검법이었다.

나는 칼 있는 곳을 소녀에게 물었고 소녀는 쪽지에 직접 집안 약도를 그려주었다. 칼은 정확히 소녀가 말한 장소에 있었다.

　녹슨 칼. 상관없다. 잠든 자를 베는데 무엇이면 어떠리. 녹이 아무리 슬었어도 날만 무뎌지지 않으면 된다.

　사람도 마찬가지. 녹 속에 시퍼렇게 세운 칼날은 오히려 더 무섭다. 녹은 세월, 녹슨 칼날에는 세월의 무게와 여한이 담긴다.

　나가자, 여길.

　소녀가 다시 우물보다 깊은 검은 눈으로 나를 쳐다보았다. 하지만 그녀는 아무것도 내게 묻지 않았다.

　밤에는 전부 빈 배, 사공의 잠은 강물보다 깊다.

　소녀는 잠자코 내가 훔쳐온 빈 배에 오른다.

　스님, 저 갑니다.

　법형은 들었는지 말았는지 대답이 없다.

　어둠 속에서 손에 집히는 대로 가져온 것은 전부 값나가는 쇠붙이, 그 또한 소녀의 그림에 있던 것들. 객줏집에서 배불리 국밥 사먹고, 지나치는 장터에서 빛깔 고운 노리개도 샀다. 다리가 아프면 말을 탔고, 고운 발에 잡힌 물집 때문에 이름난 의원한테도 들렀다.

뉘신가.

의원은 짐짓 무심한 듯한 눈길로 우리를 번갈아 바라보았다.

한양 고관 댁의 장녀지요. 급한 볼일로 외가에 다녀갑니다.

허, 어쩐지 그래 보여 물어보는 것일세. 고관 어느 댁이신지.

정랑 댁입니다.

그래? 껄껄, 정랑을 어찌 고관이라 하리요만 정랑도 여럿 아닌가.

어차피 고관도 아닌데 그쯤만 아시지요.

자넨 말투가 꽤나 무엄하군. 시봉하는 주제에. 이래 뵈도 나는 말일세, 정승의 집에서 반생을 약 짓고 침 찌르며 산 사람이야.

그러니 어쩌라고요. 그 정승이 죽었나요? 당쟁과 사화에 휩쓸려 유배라도 갔나요? 왜 그런 고귀한 분이 지금은 이런 촌구석에서 장삼이사를 상대하시는지?

닷 냥이다, 이놈아!

옜소, 닷 냥은 무슨, 닷 푼도 많지.

저놈이? 여봐라, 저 연놈이 수상하다! 냉큼 잡아다가 관에 데려가라!

이자가 미쳤나?

그때 내 나이 열아홉, 지금만 같아도 하지 않을 일들만 용케 골라서 하고 다녔지. 영감 입을 베개로 틀어막고 신발로 뺨까지 때린 뒤에 소녀를 업고 정신없이 뛰었다.

어디 그 정승이 어떤 정승인지 관에 가서 따져보자, 이놈아!

마지막에 뱉은 그 한마디에 영감 눈빛이 꺾이는 것을 보았다. 약점을 발견한 것이다. 소녀는 모르지. 사바세계란 모름지기 철저한 약육강식, 잡아먹히지 않으려면 싫어도 잡아먹어야 하는 곳. 나는 간파한 영감의 약점을 어금니로 물고 흔들었다. 만일 쫓아온다면 끝까지 가볼 테다! 네가 과연 죄가 있는지 없는지!

어디 그뿐일까.

길에서 참 일도 많았지.

꽃은 땅이 좁다며 흐드러졌고 가는 곳마다 새가 따라와 우리를 보며 노래 불렀지. 해와 달은 번갈아 동에서 서로, 다시 서에서 동으로 분주히 오가며 우리 만남을 뜨겁게 축복했고, 밤마다 쏟아지는 별을 함께 헤아리노라면 산촌 남의 집 평상에서 이불도 없이 한뎃잠을 자면서도 까무러칠 정도로 황홀했다. 노랑 꽃 붉은 꽃 지천으로 만발했던가. 네 별과 내 별을 정하고, 두 별이 서로 떨어져 반짝거리는 것을 안타까워하다가, 다시 별을 합치고, 아기별도 하나 만들고, 하나가 외롭다며 둘, 셋을 만들다가 갑자기 그 별이 휘익 소리를 내며 떨어지는 바람에 깜짝 놀라 서로 바라보았지.

까르르, 누가 먼저 웃었을까. 풀 한 포기, 나무 한 그루도 어쩌면 그토록 큰 의미를 담고 우리 앞에 흔들리던지, 그제야 우리는 선방에서 화두 깨치듯 번쩍 깨달았지. 이 이상하고 커다란 세상이 왜 있는지, 왜 우리가 이곳까지 왔는지.

결국엔 우리가 세상의 주인공인 걸 알아차렸지. 그해 그 햇볕과 달빛 아래에선 우리가 최고였지. 우리밖에 없었지. 그걸 가르쳐주고 축복하려고 누군가가 태곳적부터 일월성신 만들고, 철마다 꽃 피우고 씨앗 날려 이런 세상 준비했던 거지.

얼마나 감사하니? 천지신명 정말 고마워. 우린 그냥 사랑밖엔 한 게 없는데.

좋은 시간은 참 빨리도 흐르더라. 길섶 나무그늘에 앉아

손바닥 크기를 재거나, 개울을 건너다 말고 물장구를 쳐도 하루해는 믿을 수 없을 만큼 금방 지나갔다. 그런 우리를 사람들은 어딜 가나 부러운 듯 훔쳐보곤 했지만 우리는 전혀 개의치 않았다.

낮도 짧지만 밤은 더 짧았다.

모든 게 서툴렀으나 사랑이란 그 서툰 것까지도 황홀하게 만드는 신비로운 힘이 있었다. 소녀는 자꾸만 내 가슴을 주먹으로 두드리며 한없이 부끄러워했다.

그래도 이건 싫지 않아. 내 거니까.

상처 깊을 텐데 그렇게 말해 주었을 때 그녀가 무척 고맙고 사랑스러워서 눈물이 났다.

한양까지 천 리 길을 언제 왔는지, 그 멀고도 험한 길이 되레 짧아서 아쉬웠다. 수시로 나는 가만히 푸른 하늘을 올려다보았다. 아무래도 꿈을 꾸고 있는 것 같아서였다.

칠갑산 넘을 때는 도적들도 만났다. 낫과 도끼, 장도리 따위를 들이밀고 가진 것을 다 내놓으라고 협박했다. 그 뒤로 소녀는 장터만 지나면 칼을 사자고 칭얼댔다.

내가 가진 재주는 그때나 지금이나 칼, 칼뿐이었다. 그때는 소녀를, 지금은 주군을 위해 쓰는 칼.

나뭇잎 하나를 허공에 던지고 일곱 동강을 내면 칠검, 여덟 동강을 내면 팔검이라고 부른다. 칠검과 팔검은 한 끗 차이지만 칠검 열이 팔검 하나를 못 당한다.

언제나 그렇지. 생사는 늘 한 끗에 갈린다. 세상의 높은 곳과 낮은 곳의 차이도 바로 한 끗이다. 언젠가 정규 스승이 말했다. 스스로 돌아보라. 아직 낮은 곳을 배회하며 고단한 인생을 살고 있다면 한 끗이 모자라서다.

정규 스승은 칼잡이들이 최고로 꼽는 구검 단계를 지나 십검이란 전인미답의 경지를 열었다. 십검은 칼이 홀로 춤추는 신의 경지, 칼의 환상이다. 필검의 창시자인 와선당은 십검이 자신의 문하에서 나왔다며 자랑스러워했다.

그럼 낭군님은 몇 검이야?

소녀가 물었다.

낭군님이라고?

밤꽃 향기 진동하던 5월의 주막산방.

나한테 낭군님이라고?

너무 좋으면 눈물 나는가. 가슴 벅차 아무 말도 하지 못한 그 순간, 그때만큼은 세월 수없이 흐른 지금도 잊지 못하지.

한양, 집주인이 유배당한 빈집은 폐가나 다름없었다.

소녀는 그 앞에서 주먹 같은 눈물을 뚝뚝 떨구었다. 이웃 사람 하나가 알아보았던가. 너, 홍이 아니니? 그럴까 봐 일부러 땅거미가 지고 왔는데, 소녀는 다급하게 고개를 저었다.

아니에요.

소녀가 내 손을 붙잡았다.

우리 딴 곳으로 가.

어디를?

어디든, 아무도 나를 알아보는 이 없는 곳으로.

어떤 곳이 좋을까. 으응, 온종일 사람 그림자 없고 우리 둘만 지낼 수 있는 곳, 나뭇가지 사이로 햇살 쏟아지고 이름 모를 산새 날아와 지저귀다 잠드는 곳, 군불 지피고 남은 열기에 감자 구워 먹는 곳, 좋겠다, 정말!

그런 곳 꼭 두 군데 알지.

청천강변 내 고향, 뒤란에 갈대밭과 대숲 흐드러진 곳, 바람 일면 진종일 사각거리고 바람 자면 한없이 고즈넉한 곳.

어머 낭군님, 거기 가서 살자.

나는 고개를 흔든다.

너무 멀어, 그곳은. 그보다 한결 가까운 춘성 청평사. 내가 처음 머리를 깎은 절.

좋아, 거기도. 난 어디든 상관없어. 낭군님만 있으면. 우리 낭군님만 내 곁에 있어준다면…….

아름다운 기억은 거기서 잠시 끊어진다.

햇수로 18년이 지난 뒤, 임금이 두 번이나 바뀌고 해와 달의 주인도 오래전에 갈려서 이젠 내가 아닐 때, 해주에서 수삼 년 수령방백 악행이나 거들고, 하남에서 어린 창부 끼고 부질없이 세월 축낼 적에 만난 박별감, 고향 선배. 살수 술도가 둘째 아들로 태어나 어려서부터 총명하고 민첩했지. 그 집 넷째가 나와 동갑이던가, 하나가 아래던가. 누이동생도 둘인가 있었지. 모두가 고향 벗님네들, 청천강 떠난 후론 다시 못 본 유년의 아름다운 별빛들, 불빛들.

"자네 나하고 큰일 한번 해보지 않겠나?"

동석한 나주목이 잠시 자리 비운 사이 그가 덥석 내 손을 붙잡았다.

정신 번쩍 들었다.

아직 인생 끝난 것도 아닌데 왜 이러고 사나. 자네 모친, 이 꼴 보면 얼마나 속 쓰릴까. 금이야 옥이야, 다 크도록 길에 업고 다니며 우리 태갑이, 우리 태갑이, 얼마나 애지중지했는데. 그걸 생각해서도 크게 한번 일어나야지. 대장부 어차피 한번 살고 가는 길, 보란 듯이 활활 타올라야지……

셋 중에 하나일세.

왕자는 일곱이나 있지만 임금의 뜻은 셋, 어차피 아무도 적자는 아니다. 셋 가운데는 가장 어리지만 서열을 상쇄할 총명함과 후덕함을 지녔다는 게 박별감의 주장이었다.

"그래서 임금을 만들어놓고 나면 무슨 보상이 있나요?"

우문인 줄 알고 던진 말, 만일 그때 벼슬자리나 금전 얘기가 나왔다면 우리 사이가 여기까지 오지는 않았을 것이다.

"이 사람아!"

별감은 여전히 웃는 얼굴로 나를 따끔하게 나무랐다.

"보상을 바란다면 자넨 큰일이 무엇인지 모르는 사람일세. 정말 큰일은 아무 보상 없이 하는 일이야. 우리가 어떤 사람 하나를 견마지로를 다해 섬기고 보필해서 천하 만물과 억조창생을 이롭게 하는 성군을 만든다면, 그래서 세상이 더없이 아름답고 풍요로워진다면 이보다 더한 큰일이 또 있겠는가. 그런 연후엔 자네와 내가 한 필 말에 의지해 천하를 떠돈들 무엇이 아쉽고 무슨 여한이 남겠나."

또 한 번 정신 번쩍 났다. 그가 내민 술잔을 나는 무릎을 꿇고 받았다.

"그분이 만일 임금이 되면 제가 지금까지 살아온 엉터리 세상과는 전혀 다른 별천지, 별세상이 펼쳐지는 것입니까?"

이건 결코 우문이 아니었다.

진심으로 알고 싶은 질문이었다.

만일 그렇다면 무엇인들 바치지 못하랴.

목숨 아니라 그보다 더한 것도 얼마든지 바치고 던지리라.

세상이 달라진다면, 내가 산 그 더럽고 어지러운 세상이 달라질 수만 있다면!

박별감은 잠시 나를 물끄러미 쳐다보았다.

고개를 끄덕였던가.

나는 그랬다고 믿는다.

그러나 그러지 않았다고 해도 반박할 근거는 없다.

대답은 그걸로 끝이었다. 대신에 그가 말했다.

"여러 곳에서 자네 얘기 들었지. 그런 칼잡이 하나 있으면 따로 검객은 부릴 필요가 없다고. 정리할 게 있으면 말씀하시게."

이튿날 박별감은 사또와 함께 누추한 내 거처를 찾아왔다.

함께 살던 어린 창부는 대장장이 술꾼의 딸, 사랑까지는 하지 않았지. 사랑한다는 건 내겐 이제 없는 일, 아무리 사랑이 달콤해도 그런 일에 다시 힘을 빼앗기고 싶지는 않았다. 불쌍한 건 그 어린 창부, 나는 그래도 나이 푼푼이 먹었지, 그 아이는 스물에 벌써 사랑이라면 대놓고 코웃음부터 쳤다.

사랑 따위 개나 주라지.

사랑보다도 보호가 필요했던 소녀, 어쩌면 그때 홍이도 그랬던 걸까. 창부와 살면서 나는 그 점이 자꾸 되짚어 혼란스러웠다. 이십 년 가까이나 지난 뒤에 말이지.

어린 창부에겐 술만 먹으면 낫 들고 온 동네 돌아다니는 개차반이 아비만 막아준다면 누구라도 상관없었다.

난 말이야, 우리 아버지가 후생에 쇳물로 태어났으면 좋겠어. 벌겋게 달았을 때 신나게 두들겨 맞는 걸 보면 얼마나 내 속이 후련할까. 하고많은 사람 중에 왜 저런 사람에게서 났나, 너무 분하고 원통해. 그게 업보라는 거죠?

사또가 말했다.

걱정 마소. 관비라도 박아서 보호해 줄 테니.

"춘성 북산에 가면 청평사란 절이 하나 있지. 아시는가?"

첫 임무가 그랬다. 알다마다.

어째서 하필 또 그 절인가.

참 알 수 없는 이놈의 기구한 운명. 첫사랑 묻은 자리 이미 아름답고 가슴 아픈데 그 위에 험한 사연 왜 보태는가.

"이달 그믐에 제사를 지내러 사람들이 올 걸세. 그들 중에 제주만 하나 처리해 주게."

이유는 묻지 않았다. 아무것도 묻지 않았다. 그게 이쪽 일을 하는 방식이었다. 어차피 모르는 게 내 마음도 편했다. 알아야 할 까닭도 없었다.

"사명스님 계시온지?"

산 밑에서 물었다.

"웬걸요. 적멸에 드시고 벌써 수년이 흘렀습죠."

꼽아보니 세수 만만찮다. 그래도 산중에 칠팔십이 흔한데. 여름 석 달 신세 지고 떠나던 날, 스님은 산 아래까지 내려와 철없고 슬픈 남녀에게 국밥 한 그릇씩을 사주었다.

나도 원하는 것을 찾느라 부모형제를 버렸지.

배웅할 때 그 깊은 눈빛은 지금도 서늘하다.

"인생은 자꾸 버리는 게지."

그때가 벌써 언젠지, 십 년이 짧다는 걸 젊어서는 알지 못한다. 그 뒤로 십 년은 더 잠깐이다.

"지금 절에 계신 스님은 뉘신지요?"

명우란다. 모르는 사람이다. 상常자 돌림도 아니다. 도섬에서 헤어진 상규스님은 어디로 갔을까. 섬에 아직도 그대로 있을까? 막연한 기대들이 한꺼번에 내려앉는다. 청평사에 오면 만날 수 있으리란 막연한 기대들이 모조리 추풍낙엽처럼 우수수 떨어진다.

"글쎄요, 제가 여기로 온 지 십 년이 흘렀지만 상규스님이란 분은 뵙지 못했습니다."

명우스님, 나이는 나보다 약간 아래일까.

"사명 큰스님 열반에 드시고 절이 이태나 비어 있었지요."

"큰스님 시자, 제자들은 다 어디로 가고."

"유난히 제자 복이 없었나 봅니다."

그렇지, 정곡을 찌른다. 나 같은 것도 한때는 제자였으니.

"혹시 공양주는 그대로인지?"

"아닙니다. 제가 오고 바뀌어서 거기도 모를 겁니다. 날이 저물었으니 하룻밤 묵어가시지요."

그는 낙담하는 나를 이끌고 법당 뒤로 돌아갔다.

"전에 어떤 여자 분이 와서 꼭 지금 처사님처럼 꼬치꼬치 옛날이야기를 묻고 하룻밤 여기서 묵어갔지요."

그가 방문을 연다.

"이 방에서 묵는 사람은 소원성취한다는 내력도 있답니다."

아, 방문 앞에서 아찔하게 일어나는 현기증, 나는 비틀거리며 툇마루에 그대로 주저앉는다.

세상을 만든 건 사랑이야. 사랑 없이 태어난 이가 하나라도 있을까. 한낱 미물조차도.

그래, 여기는 사랑의 별. 우주에서 유일하게 사랑으로 올 수 있는 별. 사랑한다면 모든 것을 가질 수 있고, 사랑하는 마음만으로 온 세상을 환하게 비추는 곳. 사랑의 힘으로 만들고, 유지하고, 이어가는 곳. 오직 사랑하는 이에게만 모든 것을 아낌없이 내어주는 별.

거룩하지 않니?

양반집 규수는 역시 다르군. 불가에서는 그것을 자비라고 하지.

지난 며칠 사랑에도 난 너무 벅차. 말할 수 없이 기쁘고 행복해. 이렇게 살 수만 있다면 어떤 대가를 치른대도 좋

아. 산골도 좋고, 평생 노스님 밥 짓고 빨래하는 불목하니
도 괜찮아.

첩첩산중이라도?

물론이지. 이보다 못한 동굴에서 살아도 그대만 있다면.
사랑하는 낭군님만 내 곁에 있어준다면.

"솔가지 몇 개 아궁이에 던져놓고 갑니다. 산중이라 새
벽엔 아직도 쌀쌀하거든요."

돌아서려던 스님이 갑자기 생각난 듯 말했다.

"참, 이따 밤늦게 제사가 하나 있습니다. 법당에 염불 소
리가 나더라도 괘념치 마십시오."

호롱을 당겨 켜자 흙벽에 낙서까지 그대로 드러났다. 소
원성취라고 쓴 우리 연홍이 예쁜 글씨. 스님이 말한 건 그
것일까? 까맣게 잊고 지낸 사소하고 작은 일들, 처음 기도
를 시작한 건 홍이었다. 이 방에서 나가도 절대로 우리, 헤
어지지 않게 해주세요.

누구한테 비는 거야?

별님께.

소녀가 가리키는 곳, 북쪽 벽에 낸 들창으로 밤마다 별
빛 지천으로 흐드러졌다.

그믐엔 별이 더 맑고 푸르지.

삶이 어두우면 별이 더 빛나는가. 세상이 어두우면 별이 더 빛나는가.

저기 봐, 하남 산골에서 정한 네 별과 내 별도 여기까지 따라왔어.

아기별도 그대로야.

빛나는 별들 헤아리며 밤마다 이 방에서 얼마나 많은 얘기 나누었던가.

별 지고 없는 밤에도 소녀는 빈다.

별에도 법당이 있고 부처님도 계셔.

정말?

응, 삼라만상 어디에나 계신다니까.

만일 소원을 들어주지 않으면?

들어주실 거야, 꼭.

그래도 만에 하나 들어주지 않으면?

그럼, 응, 그럼…….

나는 여기로 와서 스님이 될 거야. 그리고 이 방에서 저 별님께, 별에 사는 부처님께 밤마다 우는 소리로 원망할 거야.

그 말, 그렇게 말하는 소녀 모습 얼마나 해맑고 어여뻤

던지. 아, 역시 어제 일 같구나. 눈 감고 더듬으면 손에 잡힐 것 같은.

그 별들 다시 헤아려본 적 있던가.

기억나지 않지만 아마 없었을 것이다. 사랑이 빠져나간 남자의 일생은 무너진 성벽 아래 잡초 무성한 폐허, 혼자 술 먹으면 먹지 별 따위 절대로 헤아리지 않는다.

바람에도 물에도 고유한 특유의 냄새 있지. 청평사 밤바람 내음은 정말 독특하다. 온 세상 통틀어 그곳에만 있는 냄새, 그 역시 오랜 세월 잊어버렸던 것. 나는 눈 지그시 감고 양손으로 피리 불 듯 밤공기를 손가락으로 문질러 가만히 코끝에 대어보았다.

아, 바로 이 냄새, 이 독특하고, 맡으면 사지 노곤해지는 산 내음이 홍이에게서도 났었지. 계곡의 풀과 꽃, 법당 향초, 아궁이에 태운 솔가지의 잔향, 골짜기 흐르는 물과 바람 냄새 따위가 적당히 섞인 청평사만의 냄새. 잊지 못할 내 소녀, 연홍이 살 냄새.

"그런데 스님, 여기 찾아와 하룻밤을 묵어간 그 여인이 지체 높은 양반집 마나님이던가요?"

일부러 법당까지 찾아가서 묻는다. 부질없는 짓을 아직

도 하는가. 이제 보니 헛살고 헛살았도다. 내 안의 길잡이
가 한심하다고 혀를 찬다.

일평생을 더럽게도 엇나가는군. 젊어서 내 말 귀담아 들
었다면 지금쯤 불가의 고승대덕 되고도 남았을 걸.

맥 빠진 훈계가 한쪽 머리에서 계속된다.

젊은 날의 열정과 결기 따위는 모조리 잃어버린 내 안의
부처, 그도 역시 나만큼 불쌍한 존재다. 상대를 잘못 만났
지. 어리석고 못난 내 안에 들어와서 저도 금생이 대실패인
줄을 그때쯤은 분명히 감지했을 테니까.

"입성을 봐선 그런 것 같았습니다."

나이는 어느 정도 되었던가요? 얼굴은 어떻게 생겼던가
요? 여기 와서 누구를 찾았었나요? 혹시 옛날 저 방에서
정인과 단 둘이 묵었다는 얘기는 하지 않던가요?

연이어 터져 나오는 허망한 질문들을 입에 머금고 잠시
혼자 얼굴 붉히는데 스님이 덧붙였다.

"예전에 여기서 백일치성 끝에 귀한 아들을 얻었다고 하
였지요."

밤 깊어 간간이 두견새 운다.

젊어서 꾸던 꿈들, 독특한 향기 속에 그림책처럼 펼쳐져

아프고 서럽다. 까닭 없는 설움 절로 익어가는 밤, 계곡 물
소리 따라 내려오니 짙은 어둠에 잠긴 용소, 그곳에서 소녀
는 저녁마다 멱을 감았다. 사랑은 또 몇 번이나 나누었던가.

동그란 눈으로 소스라치던 모습, 달빛 내려앉은 희고 눈
부신 알몸, 누가 보면 어쩌려고?

누가?

달이 보고 별이 보겠지.

볼 테면 보라지.

스님은?

스님 염불 소리 안 들려?

소녀는 하루가 다르게 대담해져 갔다.

그믐이 아니라면, 달빛이 조금만 있어준다면 그때 우리
가 놀던 용소도 보고 갈 텐데.

시작은 언제나 나였다. 수컷이니까. 하지만 무엇이든 가
르쳐주면 금방 한술 더 뜨던 대담한 소녀 홍이.

있잖아, 나……, 낭군님 아이 배서 낳을까?

그럴까?

넌, 아 뭐랄까, 넌 정말 좋아.

뭐가?

전부다.

그중에 하나만.

응?

잠시 얼굴 붉어진다.

헤헤 그럼 이것!

깔깔 웃는 웃음소리에 놀란 밤새 푸드덕 날아오른다.

천하의 주인은 때가 되면 바뀐다. 해와 달은 끝이 없어도 그 빛을 받는 이는 어제와 오늘이 다르다. 종말은 예상보다 빨랐다. 영원할 줄 알았던 우리 둘의 찬란한 빛들도 한순간에 사라졌다.

"임금이 죽고 국상이 났다네."

비극의 서막은 그렇게 올랐다.

절에 오는 사람들이 쑥덕거렸다.

죄가 하도 많아서 곱게 죽지 못했노라고. 누가 수라에 독을 탔다던가.

춘성 군수의 젊은 첩은 불전에 쌀 말깨나 바치는 신도, 그녀에게 소녀가 몇 사람 이름을 연거푸 물었다.

그게 화근이었을까.

며칠 뒤 군수가 직접 절에 와서 소녀를 만났다. 둘은 방문을 걸어 잠그고 무슨 대화를 오래도록 나누었다.

깨어보니 꿈인가? 그렇다면 기회는 있다.

깔깔거리며 해맑게 웃던 소녀, 꿈속에서 잃어버리고 천지에 홀로 내동댕이쳐진 나. 사나흘 정신없이 앓았다. 어디까지 갔었던가.

끝까지요.

끝이라면?

죽음 직전에서 도망쳤어요.

그렇다면 아직 기회는 있다. 다 잃은 게 아니야. 나중엔 아무리 발버둥 쳐도 깨어나지 못하고, 도망칠 곳도 없지. 깨어난대도 그대로 꿈속이야. 깨지 못할뿐더러 깰 수도 없어. 그렇게 마지막 꾸는 꿈이 죽음이라네. 그때까지는, 그런 때가 오기 직전까지는 기회가 있어. 얼마든지 깨어나고 도망도 칠 수가 있거든!

소녀는 갑자기 이성을 잃을 정도로 신나고 들떠있었다.

우리 낭군님, 한양 가면 내 방에 비단금침 깔아줄게. 신선로에 고기완자 듬뿍 넣고, 실고추 썰어 모양낸 민어 전에 조기조림도 해달래야지. 꿀 바른 유밀과는 또 어떻고. 우리 아버지 나한테 꼼짝 못 해. 당신이 나를 구해주고 지켜준 걸 알면 기와집이라도 한 채 사서 당장 살림을 내줄 거야. 대궐 같은 큰집에 하인 거느리고 종 부리면서 우리 낭군님어서 글공부시켜 왕좌지재 만들어야지. 이젠 내가 당신을 평생 섬기고 귀한 사람으로 만들어낼 테니 두고 봐.

소녀는 한양이 가까워질수록 부쩍 말이 많아졌다.

뭐 그렇게까지는 아니라도, 작은 보답이야 있지 않으리. 딸을 지켜준 보답으로, 소녀와 서로 사랑하는 사람으로, 그리고 무엇보다 소녀를 괴롭힌 짐승 같은 자를 처단한 공로로!

예의는 갖추겠지. 고귀한 양반님인데. 벼슬 사는 높은 사람인데.

그 예의 무얼까?

만일 내게 소원을 묻는다면 뭐라고 대답할까? 소녀와 사랑을 허락해줄까? 소녀와 같이 살겠다고 떼를 써볼까?

소녀의 아버지는 어떤 사람일까?

우리 아버지?

소녀의 대답은 한결같았다.

우리 아버진 나한테 꼼짝 못 해.

이천 지나고 양지말에 묵던 날엔 나도 모르게 희한한 꿈 꾸었다. 일어나 소녀에게 말 못하고 나 혼자 파안대소했다.

허무맹랑한 꿈, 그러나 그 꿈 끝에 자꾸 딴생각을 품었다.

정말 벼슬 한자리 얻는다면 어떨까. 미관말직이라도. 머리에 사모, 가슴에 흉배, 관디 제대로 갖추고 말도 타야지. 그런 날 오면 어디부터 먼저 갈까.

으레 내 고향, 별빛 쏟아지는 청천강변.

꿈에 나는 금의환향했다.

아이고야 내 새끼, 어머니 버선발로 뛰어나오며 소리쳤다.

어디 보자, 금쪽같은 내 새끼 태갑아, 우리 태갑아! 이런 날 올 줄 알았지! 너 크게 될 줄 어미는 진작부터 알고 있었지!

함께 얼싸안고 얼마나 웃고 울었는지, 눈을 떴을 때도 베개를 끌어안은 채로 한없이 웃고 있었다. 눈물 그렁그렁 맺힌 채로.

지금이 꿈인가, 생시인가?

명심하라, 마지막 꿈을 꾸기 전에는 누구라도 깨어날 수 있다! 깨어난다면 아직도 푸른 것이다. 젊은 것이다. 기회가 얼마든지 있는 것이다!

노사의 마지막 말씀, 그 형형한 눈빛, 살아갈수록 잊지 못하지.

헛간에서 도망쳐서 죽어라고 내달렸다. 버섯 캐러 나온 행자가 아니었다면 진작 죽은 목숨, 개똥밭에 굴러도 이승이 낫다면 그 또한 불은佛恩이었으리.

열아홉이던가, 스물이던가. 다시 와선당 문하를 찾아가 정규 스승과 재회했다.

환속을 하겠다고?

그가 물었다.

제대로 한번 배워보고 싶습니다.

침묵 끝에 그가 말했다.

부처님이나 칼이나 한가지야. 독기를 품으면 성취는 빠른 듯해도 곧 한계가 오지. 한계 없는 솜씨를 갖추려면 독기를 빼고 시작해야 돼.

지금 내가 쓰는 칼은 그 시절에 다 배웠다. 얼추 십 년, 매일 열일곱 시간씩 지독하게 닦았다. 그렇게 족히 한세월을 더 보내고 문득 어머니 보고 싶어 집으로 돌아가니 내 방에 불상 하나 고이 모셔져 있었다.

왔구나, 내 새끼.

검은 노모 하얗게 변했다. 열여섯에 집 나와서 그때가 스물여덟 아니면 아홉.

밤낮으로 빌고 빌었더니, 고맙습니다요 부처님! 내 새끼 고이 돌려주셔서!

솔가지 몇 개 태운 열기에 몸 녹인다. 옛일 회상하다 깜빡 잠든 그믐밤에 독경 소리 끊어져 다시 눈뜬다. 이제 운명의 시간인가. 새삼 팔자 기구하지 싶다가 문득 깨닫는다.

내 인생 언제 기구하지 않은 적 한 번이나 있었던가.

노사 말씀 되새긴다. 방금 깨어났으니 아직 젊구나. 깰 꿈이 있으니 행복하도다.

"일행도 있으니 오늘은 묵었다가 가시지요."

"아닙니다. 사공을 불러놔서요."

"매번 공양도 하지 않으시고."

바깥에서 나는 인기척은 다섯이다. 스님과 공양주를 빼면 손님은 셋. 남자는 제주 하나요 나머지 둘은 여자다. 미리 발소리 죽여 바깥으로 나간다.

"몇 가지 제물을 종이에 쌌습니다. 가면서 드시지요."

"고맙습니다, 스님."

"밤길 조심히 살펴가세요."

이제 피를 뿌리고 나면 지상에서 가장 아름다웠던 이곳
도 한순간에 사라지겠지.

사방 둘러본다. 그래서일까. 새삼 풍경 낯설다.

남자 앞장서고 여자 둘은 나란히 뒤에서 걷는다. 남자
발걸음을 봐선 무인이 아니다. 선비나 오래 앉아서 산 사
람, 이럴 경우 일은 쉽다. 반격 걱정이 없기 때문이다.

먼저 돌로 기척을 만든다.

뭐지?

셋이 동시에 멈춰 선다. 움직이기를 기다렸다가 다시 돌
을 던진다. 절 아래 물가에 희미하게 반짝이는 불빛.

"먼저 내려들 가."

남자가 말한다. 여자들이 종종걸음을 친다.

칼은 단번에, 칼잡이의 자비다. 험한 일 보태어 아픈 사
연이 덮일까.

그건 모르지.

심장 열리는 둔탁한 소리는 저와 내게만 들린다. 칼 맞
은 사내가 내 양팔을 꽉 움켜쥔다.

"누가, 누가 보냈는가."

말이 끝까지 이어지지 못하고 바람이 섞인다.

좋은 데 가십시오.

축 늘어진 그를 길 한쪽 옆에 가만히 뉜다.

내가 죽인 이 사람은 대체 누구란 말인가!

4

두 번째 상어

감흥에 겨워 잠 못 이루고 다시 붓을 듭니다.

신은 어려서 아비를 바람에 날려 보내고 모래 기슭 인접한 청천강 강가에서 어미와 단둘이 살았습니다.

강변에 밤이 들면 촛불 별빛 반짝이고 사립문 밖 대숲은 별빛을 털며 사각거릴 적에 마당 평상에서 어미 무릎을 베고 누워 잔물결에 쓸려가는 모래알갱이 소리를 듣노라면 비록 아비 없이 살아가는 가난한 나날일지언정 조금도 슬프거나 외롭지 않았습니다.

이만큼 나이 먹어 돌아보니 그때는 날마다 별유천지 잔칫날, 강가에 조약돌 같은 어린 시절은 꺼내볼수록 정겹게 반들거립니다.

신의 나이 열여섯에 세상이 궁금하고 가난과 적막이 지루해 탁발하러 온 운수승을 따라 집을 나섰습니다. 열아홉에는 우연히 한 소녀를 만나 온몸이 부서질 만큼 뜨거운 사랑도 해보았습니다. 그러나 늙고 병든 어머니를 돌보지 않을 수 없어 스물 여덟아홉에 다시 청천으로 돌아가 이웃에 사는 여자와 혼례를 올리고 살았나이다.

그 여자는 지방 아전의 딸로 처음에는 말이 없고 양순한 듯싶었는데 차츰 자기주장과 고집이 드세고 사나워지더니 병든 노모를 팽개치고 돌보지 않을 뿐만 아니라 급기야 신의 눈을 피해 손찌검까지 하는 패륜을 여러 차례 저질렀나이다.

늙어서 망령이 난 어미는 어린 날의 저처럼 틈만 나면 집을 나가려고 하였나이다. 집을 나가 어디로 가시느냐 물으니 자꾸 집으로 가시겠다고 하였나이다. 칠십 평생을 머물며 자식 낳고 살던 집을 버리고 기어이 가시려는 데가 세상에는 없는 허상의 집이었나이다.

하늘 흐리고 물 차갑던 어느 날, 노모는 결국 살던 집을 버리고 본인이 원하던 집으로 돌아가셨나이다. 그곳은 매일 바라보던 청천강 푸른 강물 아래 있었음을 신도 나중에야 알았나이다. 노모가 기어코 소망하던 강물 아래 집으로 돌아가시던 날, 신도 여자를 베고 살던 집을 미련 없이 떠났나이다.

대인의 고귀하고 화려한 삶이든 천민의 가난하고 구차한 삶이든 사람을 행복하게 하는 것은 사랑입니다. 사랑이 있으면 행복하고 사랑이 없으면 불행합니다. 적어도 그 점에서 천하는 공평합니다.

세상을 호령하는 제왕도, 만석꾼 천석꾼도, 산골에 사는 가난한 농부도 예외가 없습니다. 사랑이 있으면 행복하고 사랑이 없으면 사람은 불행합니다.

사람을 잘살고 못살게 만드는 것은 따로 있겠지만 행복하고 불행하게 만드는 것은 오직 하나, 사랑밖에 없습니다. 그것은 이 세상이 사랑으로만 오갈 수 있는 천체의 유일한 공간, 사랑별이기 때문입니다.

사랑의 힘이 아니면 어느 누구도 오갈 수 없는 별, 오직 사랑의 힘으로만 다녀갈 수 있는 별, 세상에서 마지막까지 남을 유일한 하나를 꼽으라면 바로 사랑이기 때문입니다.

사랑의 별에서 사랑을 잃는 것만큼 위태로운 일은 없습니다. 사랑을 잃어버리면 누구든 자체 모순에 빠져 스스로 자멸의 길을 걷습니다. 천하미물도 그럴진대 하물며 천하의 주인을 꿈꾸는 주군이오리까. 만백성을 사랑하고 극진히 보살피려는 주군의 성심이 갈수록 크고 깊어지기를 바랍니다.

신에게 청천강은 어미의 사랑이 넘치던 곳입니다. 그 안에서 나고 자란 어린 시절은 오십을 바라보는 나이에도 신으로 하여금 수시로 눈물 흐르게 만듭니다.

신의 일생이 어지럽고 가혹한 까닭은 세상을 사랑하는 마음으로 살지 않았기 때문입니다. 사랑을 잃은 채로 살아왔기 때문입니다. 오늘이 있기까지 신은 주변을 단 한 번도 사랑으로 돌아본 적이 없었나이다. 왜 그랬을까요?

글쎄 왜 그랬는지, 잘 모르겠습니다.

세상을 더 많이 사랑하는 자가 군주가 되고 제왕이 되는 것은 사랑으로 만든 이 세상의 순리입니다. 주군이시여, 신의 뒤늦은 참회를 거울삼아 부디 다른 왕자들보다 더 많은 사랑을 가슴에 품으소서.

젊은 날에 떫디떫은 풋사랑의 열기도 평생을 갑니다. 사랑을 품고 느끼는 바로 그 순간, 생의 이쪽과 저쪽은 비록 찰나요 촌음 간이지만 전혀 다른 세상이 됩니다. 사랑의 번

개가 번쩍거리고 나면 한순간에 천지가 개벽하고 새로운 우주가 열립니다. 흔한 남녀지간의 사랑도 그런데 천하의 일이야 더 말해 무엇 하오리까.

승지의 책사가 우리에게 와서 저쪽의 음모를 고변한 이유도 불충이 아니라 사랑을 지키려는 마음 때문입니다. 이번 일로 저쪽의 흉계가 만천하에 알려져서 세간의 비웃음거리가 된다면, 그래서 복령이 세를 잃고 주군의 천하가 열린다면 잠시 한눈판 사랑, 대감의 첩을 흠모한 책사의 사랑으로도 천하의 주인은 달라지는 게 아닙니까. 사랑은 그처럼 인생을 바꾸고 세상을 바꿉니다.

소인은 여인을 사랑하고 대인은 천하를 사랑합니다. 보통사람은 정인을 사랑하지만 영웅은 만인을 사랑합니다. 무슨 사랑이든 이 세상에 사랑만큼 위대한 것은 없습니다.

만일 주군께서 먼저 천하를 사랑하는 드넓은 마음을 품는다면, 그런 연후에 천하의 주인으로 등극하신다면 그 뒤의 세상은 얼마나 아름다울 것이며, 그런 사랑을 세상에 아낌없이 쏟아부을 주군은 또 얼마나 아름다운 임금이겠나이까.

생각만으로도 신은 이미 설레어 잠들기 어렵습니다.

5

상가

하룻밤 지나자 사정 꽤 긴박하게 돌아간다. 안개 걷히고 배 들어오면서 문상객이 쏟아진다. 가까운 곳, 우상에게 잘 보이려는 지방 수령과 아전들이겠거니 하였는데 웬걸, 각지에서 조객들이 밀어닥친다. 장성 부사는 가까운 축이다. 전주 부윤도 있고, 한양에서 말 타고 달려온 사헌장령도 있다. 아무리 권력이 좋고 무섭다지만 무슨 문상을 군마까지 내어 죽자 살자 내달리는가.

"송구하오나."

노치가 급히 와서 이른다.

"거처를 본댁으로 옮기셔야 할 듯합니다."

뭐, 아무래도 좋다. 사람 눈에 띄든 말든 이젠 우상이 결정할 일, 대책은 알아서 세웠으리.

"이걸로 갈아입으시고."

내놓는 복장이 하필이면 승관과 장삼, 삼으로 지은 신이다.

"중이 되라고?"

내가 묻자 노치가 키들키들 웃는다. 시신 앞에 앉아 중 노릇하며 우상을 지켜달라는 뜻이다.

"본채로 가시면 목탁과 염불 책도 한 권 있습니다요."

승관을 쓰면 중 흉내는 낼지 몰라도 얼굴은 확연히 더 드러난다. 목탁과 염불 책보다 급한 건 얼굴을 가릴 대삿갓이다. 노치가 말끝을 흐린다.

"대삿갓은 없고 송낙이 하나 있던데."

비구니나 쓰는 송낙을? 그래도 어찌하나, 안 쓰는 것보다는 낫다.

"해윤사에 한번 가보시지."

노치가 깜짝 놀란다.

"해윤사를 아십니까?"

어찌 모르랴. 바다 해海 젖을 윤潤.

여기서 모든 게 시작되었지.

아주 먼 옛날 조신의 꿈처럼. 내 젊은 날이 시작된 곳, 그

붉은 꽃봉오리 피어났던 자리를 어찌 모를 수 있으랴.

첫닭 울고 간신히 잠든 나를 깨운 건 해윤사 절종소리다.

종은 상규스님이 잘 쳤지.

여운 오래가려면 치면서 동시에 잡아당겨야 해. 그냥 무턱대고 치기만 하면 소리가 뭉치지. 맑은 날과 비 오는 날도 종 치는 법이 달라. 비 올 땐 공명이 자꾸 가라앉지. 그걸 흩어지게 치는 게 요령이야.

종소리도 비에 젖는가?

은사스님이 말했다. 물소리는 물에 젖지 않는다고.

물소리가 어디서 오는가? 종소리는 또 어디로 가는가?

그 이치를 알고 나면 인생에서 좋은 일이 생길 거랬다. 지금 만난 이런 세상 하나쯤 이겨내는 건 아무것도 아니라고.

"뉘신지요?"

동틀 녘 절에서 만난 사미승, 얼굴 동그랗고 눈빛 맑은 소년. 내 모습도 옛날엔 저러했으리.

그렇다면 지금 내 앞에 선 저 아이처럼 그때 나 역시 누군가의 옛 모습, 돌아가고 싶은 푸른 한때가 아니었을지.

세상이 돌고 돌 듯 사람도 돌고 도니까.

어느 시대나 늙은이와 젊은이 있고, 늙은이가 젊은이 보면 눈물 나는 것을.

만일 저 시절로 돌아간다면?

태수의 딸을 흠모하다 하룻밤 꿈에 팍삭 늙어버린 조신 스님처럼, 소녀 절에 와서 울며 도움을 청하던 그때 이후 이 모든 게 말짱 다 일장춘몽이라면?

그리하여 어느 불은佛恩 가득한 날 아침, 낙산사 미륵불 앞이나 청평사, 해윤사 승방에서 머리 하얗게 세어 다시 저런 사미승으로 깨어난다면……?

마른침 절로 꼴깍 넘어간다.

그렇다면, 어쩌면…….

파계와 환속 따위는 없었을지 모르지. 뒷일을 미리 알 수 없으니 다들 그렇게 사는 것이겠지.

"사미야, 너 상규스님을 아니?"

사미가 뜻밖에도 고개를 힘차게 끄덕인다.

"큰스님 한양에 다니러 가셨어요. 달포 남짓 된 걸요."

"그래? 가만있자, 키 크고 종 잘 치는, 틀림없이 상규스님이지?"

사미가 웃는다.

"그럼요."

"한양엔 무슨 일로?"

"대찰에 범종 건다고 무량사 스님들이 모셔갔어요. 우리 큰스님, 종소리 듣는 데는 일가견이 있거든요."

"맞아, 그랬지."

"그런 일 흔해요. 새로 종 만들어 거는 데서 다투어 모셔 가죠. 전에 한번은 종에서 닭 울음소리도 건져 올렸대요."

"뭐라고?"

"종 만드는 이가 산 닭을 쇳물에 섞었다고. 봉덕사 종에 봉덕이 섞듯이."

"왜?"

"잘 울라고요."

"허허, 재미있구나."

"그걸 우리 큰스님이 듣고 저 종은 새벽에 굳이 힘들여 치지 않아도 저절로 울겠다고 하셨다지 뭐예요."

상규스님답다.

"건강하시지, 너희 큰스님?"

"네, 그런데 나리는 누구세요?"

"나?"

상진이 다녀갑니다. 스님에게 한마디 남길까 하다가 그

만둔다. 대신 사미 불러 말한다. 부디 공부 부지런히 해서 너도 훗날 큰스님 되어라. 어설프게 나처럼 속사에 뛰어들지 말고.

우상 종가.

그 집 종손은 오래 전 비명에 죽었다.

지금 종손은 죽은 이의 아들, 그가 우상을 극진히 따르고 섬긴다. 그래서 장례도 종가에서 치르는 것일 테지.

대문과 중문 거쳐 사랑채 마당으로 들어선다.

전에 이 집에 그 짐승 살았지. 입에 칼 물고 저 담을 넘었다. 사랑채 마당은 긴 줄행랑, 안채는 그 행랑 끝에 있다. 문 열고 들어가 잠든 얼굴 확인하고 정확히 숨통을 끊었다. 모가지 비틀어서 닭 잡듯이. 숨통에 바람구멍 크게 뚫으면 끝날 때까지 고함 못 지르지.

이놈이 지금 무슨 헛소리를 지껄이는 게야?

처음 만난 소녀의 아버지, 춘성에서 한양까지, 다시 한양에서 도섬까지 오는 내내 소녀와 내가 수없이 허공에 그리며 좋아한 그 많은 달콤한 기대들이 한순간에 와르르 무너졌다.

어허, 고얀지고! 저 살인자 놈을 당장 광에 처넣어라!

아버지!

당황하기는 소녀도 매한가지, 콧물 눈물 흘리며 소리쳤다.

정말이에요, 이 사람이 절 살렸어요. 이 사람 아니면 전 자진이라도 했을 거야. 이 사람이 저를 거두고 보살펴준 은인이라고요!

닥쳐라!

우리로선 전혀 예상하지 못한 일, 꿈에서조차, 그러나 우리를 제외한 모든 사람은 처음부터 다 알았다던가. 끝이 결국 어떻게 되리란 것을.

송충이 솔잎 먹어야지, 끌끌.

그보다 더한 일도 다 묻고 덮는 게 양반네들 가풍 아닌가.

아이들 부르는 노랫소리 왜 진작 귀담아 듣지 않았던가. 양반집 담은 요술 담. 안에 응달도 밖에 가면 양달, 안에서는 황음난봉에 남아나는 계집종년이 없어도 담 너머만 가면 청풍명월에 삼강오륜이 번듯해 청덕비 송덕비 가문마다 즐비하네. 온갖 장승 거꾸로 갖다 박은 진창에 우뚝 솟은 열녀문은 또 웬 말인가. 양반집 담은 요술 담, 안과 밖이 천양지차.

문중 종손을 살해하고 양반집 처자를 납치해 달아난 중놈, 나는 그가 쳐놓은 울타리에 꼼짝없이 갇혀버렸다. 소녀의 자취는 그날 이후 끊어졌다. 그마나 관가에 고변하지 않은 건 최소한의 양심 때문이었을까. 광에 갇혀 사나흘쯤 지났을 때 딱 한 차례 은밀한 제안이 있었다.

소녀를 잊겠는가. 풀어주면 도섬을 떠날 것인가. 여기에서 겪은 일을 아무한테도 발설하지 않겠다고 약속할 수 있는가.

다 좋다. 그러나 오직 하나, 이대로 소녀와 헤어질 수는 없다. 한번은 봐야지. 보고 이야기 나누어야지. 어떻게 할까. 어떻게 하면 좋겠니. 너만 좋다면, 네가 그렇게 하라면, 나는 그 어떤 길도 갈 용의가 있어. 하지만 네 입에서 나와야지. 네가 그 길 가라고 해야지. 전제는 오직 그것 하나. 소녀야, 네가 말해야지.

소녀를 한 번만 만나게 해주세요. 그러고 나서 결정할게요.

그때 나를 상대한 사람, 수염 거칠게 났던 텁석부리, 주인마님 쓴다는 약작두 들고 와서 말했다. 약속했다는 증표로 새끼손톱 하나 잘라달라고. 어르고 달래면서, 협박과 설득 적절히 섞어가면서.

관에 넘기면 넌 끝이야. 여기서 굶겨 죽여도 새가 알겠니, 쥐가 알겠니?

참 딱도 하네. 설령 자네 말이 모두 사실이라고 쳐. 그러나 어떤 양반네가 제 문중, 제 낯짝에 침을 뱉겠어? 금지옥엽 혼처는 어디에서 구하고? 세상을 몰라도 그렇게 몰라? 어서 자네 살길부터 찾게. 그것 하나만 매달려도 될동말동이야.

소녀 어여쁜 얼굴 안개처럼 풀어지고 꽃잎처럼 흩어진다.

꿈을 꾸었구나, 얘야. 모질고 더러운 꿈을 꾸었구나.

소녀 다정한 얼굴 위에 어머니 얼굴 겹친다. 세상에 나온 게 이미 꿈인데 다른 꿈 하나 더한들 어떠리. 꿈속의 꿈, 깨고 또 깨면 되지. 꿈은 괜찮아. 모두 사라져도 괜찮아.

종일 어울려 깔깔대던 소녀 얼굴 갑자기 기억나지 않는다.

정말 꿈을 꾸었나. 달콤했던 나날들 한 잎 한 잎 떨어져 바람에 날아간다.

아기씨 혼처를 벌써 정했다는군. 이번에 함께 귀양에서 풀려난 판서 댁 둘째 도령이래. 그런 판에 저런 보리알 하나가 중간에 껴서 걸리적거리니 이 댁 나린들 화가 안 나고 배겨?

광 바깥을 지키던 하인들에게서 흐르는 이야기 듣는다.

영운판서댁 둘째 도령, 고진감래라더니 이제 이 댁은 고생 끝나고 떵떵거릴 일만 남았군.

아기씨도 금방 마음을 돌렸다지.

밥 말끔히 비우고 한양 간다고 꽃단장도 하던 걸.

그깟 풋사랑 사나흘이나 갈까.

헛꿈 꾸고 헛물 켠 사미승만 불쌍하지.

그러기에 사랑은 왜 하누.

사랑이 죈가, 양반 처녀 넘본 게 죄지.

둘러치나 메어치나. 업으나 지나.

"이 댁은 뉘댁인지?"

알면서 묻는다. 돌아오는 대답이야 무엇이면 어떠리.

긴 줄행랑에 이미 동네 문상객 그득하다.

작은 소문 지나 별당, 외별당, 서별당 지나고 드디어 본채 마당 나온다. 대청에 둘러선 상복 입은 자들 틈에서 지팡이 든 상주 짚신 발로 내려온다.

"장선달, 원로에 여러 모로 비례이나 경황 중이니 용서하오."

정이 뚝뚝 흐르는 살갑고 다정한 말투로 손 붙잡고 각별한 마음 전한다.

"한양 가면 한번 제대로 모시고 상다리 휘어지게 보답하리다."

별 말씀을.

삼가 대인의 영전에 명복 빕니다. 아울러 애통해하는 주군의 조의를 전합니다.

"창졸간 영존을 잃은 그 마음 얼마나 허망하고 비통한지요. 천하에 가장 슬프고 불쌍한 이는 부모 잃은 자식이 아닌가 합니다."

심숙보, 갑자기 내 손 놓고 맨땅에 엎드려 절한다.

"실로 받잡기 무겁고 감격스럽나이다."

남들이 보면 큰일, 황급히 땅에서 이끌어 올린다.

"어찌 이러십니까. 남이 보면 어쩌려고요."

"여긴 남이 아무도 없소. 전부 식솔이고 자식이니 안심하시구려."

"제가 드러나면 대감을 지키기 어려울 수도 있습니다."

"알았소. 조심하리다."

"이리로 오시지요."

노치가 나를 데리고 대청 옆으로 올라간다. 대청에 모인 우상의 식솔과 자식들이 일제히 허리 굽히며 공손히 인사한다. 병풍 뒤에 시신을 모신 방, 방석 하나에 개다리소반, 그 위에 향로와 목탁이 있고 염불 책도 한 권 보인다.

"어떠신지요?"

노치가 묻는다. 이쯤이면 괜찮지 않소? 딱 그 표정이다.

물론 좋다. 조문하는 자들 한눈에 보이고 어떤 낌새도 느낄 수 있다. 자연히 대처도 그만큼 빨리 할 수 있겠다. 삿갓이나 송낙 쓰고 앉아 목탁 두드리면 뉘라서 나를 알아보리.

"그런데."

우상이 말한다.

"아예 나는 조문객을 맞지 않을까 하오."

"그게 무슨 말씀이신지?"

"접빈은 동생도 있고 아이들도 있으니까, 나 하나만 피하면 모든 게 덜 번거롭지 않겠소? 별당에 나가 있지요. 알 만한 사람들은 거기서 따로 보고."

별로 권할 대응이 아니다. 그럼 자객이 누군지 끝내 모른다. 증거가 없으니 반격할 기회도 잃어버린다. 자객에게 기회는 주어야지. 혹시 아시는지? 한번 칼끝을 겨눈 자는 절대 스스로 칼을 거두지 않는다는 것을.

"그럼 범인을 잡을 기회도 함께 잃어버릴 텐데, 괜찮겠습니까?"

내 질문에 우상 표정이 복잡해진다.

초상에 자객이라니! 오히려 이건 기회다. 뉘라서 용서하리. 아무리 정적이라도, 옳고 그름이 누구에게 있더라도, 부모 잃은 상주에게 자객을 낸다면 그 자체로 인심은 등을 돌린다. 패륜은 도가 아니기 때문이다.

그러기에 더욱 그들에게 기회를 주어야지. 자승자박, 자충수에 빠질 기회마저 빼앗으면 안 된다. 그러려면 잠깐의 위험은 무릅써야지. 그래서 내가 이 먼 곳까지 달려오지 않았는가. 위험을 막고 우상을 보호하려고.

"저기 저."

그가 손으로 대청에 둘러선 식구들을 가리킨다.

"내 막내아우가 체구와 골격이 나하고 유사해."

눈길이 손끝을 따라가다 한 사람에게 머문다.

그렇군. 많이 비슷하군. 얼굴이 조금 팽팽하고 키가 두어 치쯤 더 큰가. 수염길이마저 거의 똑같다.

우상은 지팡이와 상주 두건을 그에게 건넨다.

어쩔 수 있나. 결정권은 우상에게 있는 걸.

그는 내 만류를 뿌리치고 기어이 본채 안쪽 내별당으로
게처럼 숨어든다.

소 잡고 돼지 잡고 온 마을, 온 섬이 무슨 잔칫날처럼 북
적댄다.

죽음도 잔치인가.

죽음에 감정을 실어야 슬픈 애사가 되지.

오고 가는 자연사는 본래 감정과 무관하다. 오면 오고
가면 가는 것이다. 바위에는 한서寒暑가 없고 쇠에는 예둔
銳鈍이 없는데 사람이 엉덩이를 깔고 앉으며 한서가 생기
고, 쇠를 갈아 기구와 무기를 만들면서 날카로움도 생겨난
다. 자연의 흐름에 감정을 실어야 비로소 인간사가 되는 것
이다.

고인은 이미 갔고 뒤에 남은 자들의 감정은 사람마다 다
르다. 그래서 우는 자 있고 웃는 자 있다. 본지풍광 무엇인
가. 자연사에 감정 섞이면 인간사, 인간사에서 감정 빼면
자연사다.

낙엽 떨어져서 처량하고 쓸쓸한가.

낙엽은 그저 때가 되어 떨어질 뿐이다. 세월 흐를 때에도 감정만 싣지 않는다면 천하는 태평하다.

누가 말한다. 팔순 넘겼으면 남의 목숨까지 살고 간 호상이라고. 그래서인지 우는 이는 별로 없다. 오히려 웃음소리 여기저기 끊이지 않는다. 그러다가 간간이 날카로운 통곡소리, 돌아보면 우상의 여자 형제들, 고인의 딸들이다. 논평은 금방 또 달라진다. 울어야 상갓집이다. 어따 이제 좀 초상 치는 집 같네.

등 뒤에 북적거리는 광경 어질러놓고 눈 감고 앉아 간간이 목탁 두드린다.

저 중은 어디에서 왔나? 무슨 중이 염불도 안 하네.

굳이 염불하라면 못 할 것도 없지. 앞에 놓인 책 펼쳐보니 하필 전에 읽던 천수경, 정구업진언, 입으로 지은 죄 참된 말씀으로 씻습니다.

수리수리 마하수리 수수리 사바하. 깨끗하고 깨끗하여 더할 나위 없이 크고 지극한 깨끗함이여, 사바에서 반드시 이루게 하소서.

그때 홀연히 등을 엄습해오는 기이한 열기, 본능적으로 경계심 발동하며 재빨리 돌아본다.

"말씀대로 해윤사에 대삿갓이 있어 빌려왔습니다."

노치, 이자의 움직임에선 왜 자꾸 이상한 기운이 오는가?

"송낙은 벗어 저를 주시지요."

노치가 건넨 대삿갓을 송낙과 바꿔 쓴다. 상규스님은 한양까지 가면서 대삿갓을 두고 갔나, 이상해서 다시 벗고 살펴보니 그 대삿갓, 옛날 내 것과 흡사하다.

살펴볼수록 내 것 같다.

춘성에서 도섬에 올 때 쓰고 온 대삿갓. 까맣게 잊고 지낸 내 물건이 얼추 삼십 년 만에 주인을 찾아 돌아온 것인가. 그렇다면 참으로 감격스럽다.

6

남
인

남인들 몰려온다. 생동지 사당동전生同志死當同傳. 살아서
는 뜻을 함께 하고 죽어서는 같은 전기에 실릴 사람들, 향
후 주군을 보필해 성대를 이끌어갈 귀중한 주역들이다.

제일 먼저 달려온 이는 최근 남인에 합류한 도명 남효상
이다. 한때는 전각 아래에서 복령군의 명을 받들었다. 일찍
출세하여 선왕의 총애를 받을 때는 한양에 집이 세 채나
되고 처첩도 무려 열 명을 거느렸다.

흠 없는 자 어디 있으랴. 선왕 말년에 부정부패로 탄핵
을 받아 변방으로 좌천되었고, 다스리던 땅에 적이 쳐들어
왔을 때는 제일 먼저 달아나 원성과 빈축을 샀다. 강점은
두뇌가 비상하고 시류를 읽는 눈도 재빠르다. 미련 없이 복

령군을 버리고 우상 편으로 건너왔으나 복령군 진영에서는 아직 그 사실을 자세히 모르는 눈치다.

우신 임상달과 소헌 박봉익. 둘은 문무를 겸비한 우상의 믿음직한 충복이다.

임우신이 안국동에서 조갈이란 무관과 주먹다짐을 벌인 일은 지금도 유명하다. 출신과 가계가 한미한 심숙보가 남인 총수로 성장하는 배경의 일등공신은 임우신과 박소헌, 좌우신 우소헌이란 말도 있다. 요즘도 셋이 함께 사냥을 나가면 잡은 짐승의 피를 나눠 마신다고 한다. 활은 우신이 쏘고 죽은 짐승은 소헌이 지고 온다던가. 남인에게 배정된 관가 요직과 당상관 높은 자리를 셋이 돌아가며 두루 다 거쳤다.

우신의 흠은 출세 앞에서 스승을 배신한 것이고, 소헌의 흠은 복잡한 여자관계다.

장익선생으로 유명한 석학 오계수가 우신의 배신과 모함으로 처참하게 죽었다. 몇 년 뒤 오계수의 아들이 길에서 우연히 우신의 행차를 만나자 면상에 침을 뱉고 사람새끼가 아니라며 울부짖었다. 우신이 대꾸 한마디 못하고 서둘러 자리를 뜬 일은 한때 장안에 유명한 화젯거리였다.

소헌은 입이 무겁고 듬직하며 신의가 있다고 하지만 모두 우상 진영에서 만든 칭송과 덕담이다. 우상이 처음으로 주군을 찾아온 다음 날, 주군은 내게 우상 주변을 샅샅이 조사하도록 지시했다. 그때 안 사실로 소헌에게는 집요하게 따라다니는 오랜 추문이 하나 있었다. 그의 처가 본래는 형의 아내였다는 것이다.

조사를 해보니 소헌에게 젊어서 요절한 형이 있는 건 사실이었다. 그의 고향 창괄까지 내려가서 여러 날을 묵으며 알아낸 결과 형은 우물에 빠져 죽었다. 그런데 죽을 때는 아직 미혼이었다. 그렇다면 왜 그런 추문이 쫓아다니나.

결론은 고인과 혼담이 오가던 처자가 지금 소헌의 처라는 것이다. 하지만 더 자세한 내막은 알 길이 없다. 혼담 오가던 형의 여자를 탐내어 형을 죽였는지 아닌지, 확인할 방법이 없는 것이다.

그보다는 오히려 소헌의 기질과 인격에 비춰 옛날 일을 유추하는 편이 어떨지. 제 버릇 개 못 주는 게 인지상정 아닌가. 그렇게 따지면 추문엔 상당한 무게가 실린다. 소헌은 여자를 무척이나 밝히는 사람, 앞에서든 뒤에서든 열 여자 마다하지 않는다. 그가 지방 수령으로 다녀간 세 고을을 암행하고 내린 결론은 능히 그럴 수도 있겠다는 것. 그러나 지저분한 행실에 비하면 드러난 추문은 적은 편이다. 이유는 말이 날 걸 대비해 미리 금품을 넉넉히 풀어서 입막음을 꾸준히 해온 덕택이다.

대부분의 벼슬아치들은 관직이 높아진 뒤로 해마다 재물이 눈덩이처럼 불어난다.

예외란 거의 없다.

백에 하나? 그조차도 어렵다.

우신과 소헌 역시 마찬가지다. 그래서 벼슬아치는 다 도둑놈이란 말이 나온다. 임금이나 왕실에선 이런 사실에 관대할지 몰라도 백성의 눈엔 한없이 우울하고 슬픈 일이다.

후남 이방온은 유학에서 돌아와 국내 사정에 까막눈이었는데도 북방에서 오래 고관을 지냈다. 참된 충신은 임금보다 백성을 더 사랑해야 한다는 주장으로 한때 제법 인기가 높았으나 북방 오랑캐가 쳐들어왔을 때 다리를 끊고 달아나는 바람에 수많은 백성이 죽고 포로로 잡혀갔다.

충수 박남기는 함경도 무관 출신으로는 드물게 한성부 좌윤에 올랐고, 뒤에 포도대장을 역임했다. 청렴, 강직하고 근면, 성실했으나 백성을 귀하게 여기지 않았다. 많은 사람이 죽거나 다쳤다. 자신을 비난하거나 반대하면 더욱 가혹하고 잔인하게 대했다. 그의 공과는 지금까지도 곧잘 논란을 불러일으킨다. 흉악범을 많이 잡아 죽이고 사람 살기 좋은 한양을 만든 것이 공이라면 선량한 백성을 짓밟고 백성 위에 태산처럼 군림한 죄도 있다.

창랑 최학준은 사람은 호인이나 무능하고, 인수 장량은 고집이 세고 무능하다. 무능한 두 사람이 다 과시는 보지 않고 선대 공덕으로 벼슬길에 나왔는데 요행히 관운이 좋았는지 가서 붙는 데마다 출셋길이 열렸다.

창랑이 감찰사로 부임한 평양 감영에서 반정공신 이굉흠이 서훈포장에 불만을 품고 반란을 일으켰다. 그때 창랑의 부하 중에 전말신이란 무장이 있었다. 창랑이 겁을 내어 달아나려고 하자 전말신이 부하들을 이끌고 나가서 용감하게 싸웠다. 한동안 치열한 접전 끝에 결국 반란군은 해주로 달아났다. 전말신은 비록 용감하게 싸웠으나 적군을 하나도 베지 못한 게 통탄스러웠다. 그는 밤중에 부하들을 이끌고 민가를 급습해 무고한 백성 수십 명의 목을 베고 반란군을 참수했다며 창랑에게 보고했다. 창랑은 내막을 알고 있었으나 전말신의 사나움과 잔인함에 겁을 먹고 조정에 그대로 품의서를 올렸다. 아무것도 모르는 조정에서는 전말신의 무용을 크게 치하하고 3계급이나 특진시켰다. 이후 전말신은 해남으로 가서 이굉흠을 사로잡았고, 그로부터 계속 승승장구하여 병조참의까지 지냈다. 전말신은 한때 좌상과 가까웠으나 뒤에 다시 창랑에게 왔고, 이번에 문상도 같이 온다.

전조에 일어난 반정의 일등공신 검산 장일남도 노구를 이끌고 나타난다. 정말 뜻밖이다.

검산과 우상의 관계는 한마디로 정의하기 힘들 정도로 복잡하다. 젊어서는 한배를 탔고, 뒤에는 누구보다 맹렬하게 욕하며 서로 싸웠다. 검산으로 말하면 한때 국운을 짊어졌던 이, 오랫동안 백성을 괴롭힌 폭군을 몰아내고 반군의 선두에 서서 세상을 크게 바로잡았다.

그가 아니었다면, 사람을 끌어모으는 그의 남다른 장기가 아니었다면 반정은 성공하기 어려웠을지 모른다. 하지만 공덕은 거기까지, 반정에 성공해 실권을 잡고부터 인사는 편견으로 가득 찼고, 결과는 하나같이 무능함으로 점철되었다. 국고 거덜 나고 백성 살림 파탄 나는 데 채 5년이 걸리지 않았다. 왜 그랬을까?

장검산이 팔순 노구를 이끌고 여기까지 내려올 줄은 차마 몰랐다. 하긴 의리에 살고 의리에 죽는 장검산이 아니던가. 우상도 젊어서 한때는 검산 밑에 있었다. 그러다가 추종자 몇몇을 이끌고 검산의 문하를 박차고 나왔지. 그러면서 검산은 능력이 아니라 충성도와 친밀감으로 사람을 쓴다며 맹비난을 퍼부었다. 공신 책봉도 순전히 주먹구구라고 까발렸다. 검산 측에서는 자신들을 중용하지 않은 데 따른 반발이라며 우상 일파의 이탈과 비난을 평가 절하했다. 그리고 세월이 흘렀다.

검산의 정치는 백성들을 가난으로 몰아넣으며 망해갔고 우상은 갈수록 반사이익을 누렸다.

지금은 어떤가.

미리 연락을 받은 우상이 내별당에서 나와 친히 검산을 맞이한다. 빈소에 조문을 끝낸 검산이 우상과 손을 맞잡는다.

"이리 멀고 누추한 곳에 어찌⋯⋯."

감격한 우상이 말끝을 흐린다.

"딴 사람도 아니고 우리 여운대감 상사인데 내가 안 올 수 있나, 헛헛헛."

말투와 기세, 여전하다.

"천 리 길입니다."

"천 리가 대순가, 세상 바깥이라도 갈 판인걸."

"아이고, 황감합니다. 어여 안으로 좀 드시지요. 여봐라, 여기 한 상 차려오라."

손을 맞잡은 채로 내별당으로 향하는 두 사람, 마치 다정한 부자지간 같다.

가난한 자들의 영원한 우상偶像인 청계 이서李瑞도 온다.

그를 알아보고 많은 이들 다가와 손 내밀고 인사한다. 군중에 둘러싸인 청계가 밝게 웃는다.

그러나 나는 어쩐지 그가 탐탁잖다. 솔직히 말하면 하루빨리 관직에서 몰아내야 할 천하고 비루한 자라고 생각한다. 젊어서는 장사꾼으로 돈을 긁어모으고 그 돈으로 관직을 사서 급기야 판서에까지 오른 특이한 인물, 만인이 그를 존경하고 추종하는데 왜 나는 비판하는가?

글쎄다, 궁합이 맞지 않아서일까.

조문하는 청계 등지고 앉아 골똘히 생각에 잠긴다.

잘 먹고 잘사는 건 모든 이의 꿈이다. 그걸 부정하자는 건 아니다. 그러나 잘 먹고 잘사는 꿈, 사람만 그럴까. 마소도 같은 꿈 꾼다. 개도 닭도 마찬가지, 세상 그 어떤 미물도 잘 먹고 잘사는 꿈 꾼다. 그럼 옳은가? 지상의 모든 것들이 일제히 같은 꿈을 꾼다면 그건 이미 꿈이 아니다. 하물며 사람으로서, 인간으로서 그런 꿈만 꾸는 게 과연 옳은가?

삼강오륜 세우고 글 읽으며 사는 만물의 영장이면 마소와 다른 꿈 있어야지. 개와 소, 돼지와 같은 꿈 꾼다면 오히려 부끄러워할 줄 알아야지.

세상에 한번 사람으로 나서 기껏 잘 먹고 잘사는 게 꿈이라니!

인간이기에 꿀 수 있는 꿈, 사람 아니면 못 꾸는 그런 숭고한 꿈 있어야지. 미물 짐승 사는 길과 사람 사는 인도人道 명백히 다를진대 가슴에 품은 꿈 당연히 달라야지.

이것이 청계라는 자를 속물로 단정하고 백안시하는 이유다. 그저 타고난 장사꾼이면 족한 사람, 공직자의 사표로는 어림도 없지. 더구나 이 나라 젊은이들 그런 자 사표 삼아서 열광한다면 앞날 더욱 참담하지 않으랴.

우상은 이미 내별당에서 상가 정치를 시작한 모양이다. 빈소에 절한 뒤로 남인들은 대부분 내별당으로 가서 나오지 않는다. 왕후의 뜻을 얻었으니 남인 중심의 새 판을 짜려는 것일 테지. 선왕 사후 줄곧 복령군을 밀던 왕후의 마음이 돌아섰다면 승산은 있다. 세력도 충분하다. 왕후의 마음을 얻은 쪽이 승리자가 되는 건 불문가지, 우상은 도대체 무슨 재주로 완고하던 젊은 왕후의 마음을 한순간에 돌려놓았을까.

얼마나 지났나. 내별당에서 박소헌이 나와 큰소리로 고함을 지른다.

"여봐라, 안으로 주안상 차려 들여라."

내 옆에 앉아 졸던 노치 벌떡 일어나 달려간다.

예예. 넙죽넙죽 절한다.

아무나 출입하기 힘든 내별당, 이내 하인들이 커다란 자개 상에 온갖 음식 차려서 들고 들어간다.

우신과 소헌을 다시 생각한다.

그네들이 우상의 듬직한 우군인 건 인정하지만 사실은 사병 장수나 다름없다. 그들은 우상을 섬길 뿐 임금이 누가 되든 별로 개의치 않는다. 백성은 더욱더 안중에 없다. 오로지 우상의 충복, 사사로이 부리는 사병 장수일 뿐이다.

그런 자를 왜 백성의 혈세로 부리는가.

백성의 고혈을 짠 혈세로 부리는 자는 당연히 임금에 충성하고 백성을 보살피는 공복이어야 한다. 사병 장수에 불과한 자라면 마땅히 우상 개인의 돈으로 부려야 한다.

우신과 소헌만 그러한가.

여기 내려온 대부분의 자들이 다 그렇다.

그렇다면 우상과 남인들만 그런가.

아니다, 아닐 것이다.

좌상의 북인 진영에 가도 역시 똑같을 것이다.

나라의 진정한 충복은 누구인가?

선뜻 떠오르지 않는다. 하나도 떠오르지 않는다. 오호통재라, 이런 나라에서 내가 살고 있구나. 주군의 앞일, 갑자기 캄캄하고 창망해진다.

해거름에 나타난 이, 무심히 돌아보다가 깜짝 놀란다.

저 사람이 누구지?

왕후의 외척이자 복령군의 심복, 한양의 멋쟁이 백화柏華 서상필이 아닌가!

한때는 좌상 민윤복의 처남으로도 알려졌던 인물. 문무 겸비하고 헌칠, 수려하며, 성정마저 호방한 사람, 처음엔 한미한 벼슬 살다가 왕후가 궁에 들어오신 뒤로 예우받아 목사와 관찰사를 역임했다.

그가 우상에게 조문을 온 것은 의외 중의 의외다. 잔치라면 또 모를까. 이건 어딘가 불편하고 사리에 맞지 않는다. 그러고 보니 흘려들은 소문이 하나 있었거니, 하면 그게 다 사실이던가?

지금 한양 기방에서 첫손에 꼽는 기생은 단연 동월冬月이다. 인물 곱고 재주도 많으나 몸맵시 특히 풍만하고 수려하여 수많은 남자들의 눈과 마음을 녹였다.

봉모에 인각, 지초에는 난초라, 동월의 마음 사로잡은 남자는 한양 멋쟁이 서백화, 일설엔 첫날밤 동침한 뒤부터 동월이 스스로를 백동월柏冬月이라 칭했다지. 세상 남자들에게 백화의 여자임을 공표한 것이리라. 그때부터 동월은 천하가 다 아는 백화의 애기愛妓, 두 사람과 관련한 일화는 수없이 많으나 글로 적기엔 적절치 않다.

남녀가 합이 좋고 서로 사랑해서 깊어지면 다른 보물은 눈에 띄지 않는다. 세간에 알려지기로 둘은 동설冬雪이란 시를 지어 벽에 걸고 산다던가. 그 내용은 둘만의 사랑가, 바깥이 춥고 둘만 따뜻하면 겨울눈처럼 차곡차곡 쌓이고, 바깥이 따뜻해서 나돌기 시작하면 봄눈처럼 자꾸 녹는 게 사랑이라지. 쌓이는 사랑을 하면 나이 들수록 원만해질 것이지만 녹는 사랑을 하면 갈수록 외롭다던가. 한양 한량치고 이들 두 정인 부러워하지 않은 사람 누가 있으리.

한데 소문에 따르면 서백화가 한때 매부였던 좌상(민윤복의 조강지처인 서백화 누나가 일찍 죽었다)의 소개로 복령군을 알게 된 뒤 그를 동월이 있는 색주가로 데려간 게 화근이라고 했다. 복령의 가장 몹쓸 점은 술이다. 술 끝에 저지르는 너저분한 주사로도 간혹 조명이 나돈다. 그날 이후 동월이가 일하는 술집을 자주 찾아간 복령이 드디어 일을 냈다. 대취한 어느 날엔가 동월을 강제로 취했는데, 그냥 취한 게 아니라 입에 담지 못할 모욕과 수치심을 안겨주며 무참히 희롱하고 짓밟았다는 것이다. 그 사건 후로 동월이 한동안 걸음조차 걷지 못한다는 풍문도 돌았다.

하긴 어디 복령만 그런가.

추잡하고 지저분하기로 들면 상것 들락거리는 주막보다 양반네 드나드는 기방이 더하고, 그보다 열 몫은 더한 데가 양반 중에도 고관대작 상대하는 안골 색주가라지. 색줏집 마루 밑은 똥개도 더럽다고 안 간다던가. 가끔 나는 생각한다. 훗날 은퇴하여 먹고살기 어렵다면 볕 바른 어느 시골 장터에 앉아서 고관대작 따라 색주가 들락거리며 보고 들은 풍월만 재담 섞어 늘어놓아도 굶어 죽지는 않으리라고.

월하에서 백마 잡아 맺은 사나이 굳은 맹세 기생 치마폭에서 무너졌다고 소문 옮기는 사람들이 덧붙였다.

정말로 궁금하다, 그가 왜 이곳에 왔는지.

나도는 소문대로 복령에게 복수를 하려는 것일까?

언뜻 봐선 의심할 인물은 아니다. 하지만 만일의 경우를 가정해보자.

어쩌면 이 모든 게 복령군과 좌상 측에서 흘린 거짓 정보라면? 동월의 이야기가 어떤 목적에 따라 지어낸 이야기라면? 권력을 좇아 백 가지 책략과 계략이 난무하는 정가에선 세상을 눈가리개로 가리는 기세欺世란 흔한 일, 거짓으로 사연 만들고 배역 맡아서 옥석도 가리고 주기적인 물갈이를 한다. 이럴 경우에 서백화를 찾아와서 복령군이나 좌상을 욕하는 자들을 뒤에 모조리 솎아내는 것이다.

그런 야비한 짓 왜 하는가?

그래야 스스로 자정능력을 갖춘다고 권력자들은 믿는다.

서백화처럼 일정 기간 대척점에 섰다가 고급 정보를 수집해 다시 주군에게 갖다 바치는 자들을 이쪽 세계에선 '흰 까마귀'라고 부른다. 서백화가 흰 까마귀라면 당연히 우상은 위험에 빠질 공산이 크다. 게다가 서백화는 일찌감치 칼을 배우고 병서를 읽은 이름난 검객, 그의 외질이 왕후가 되지 않았어도 반드시 무관으로 당상관이 되었을 인물이다.

하지만 또 달리 보자. 최근 왕후의 복심이 우상과 수령군에게로 급선회했다면 그 역시 우리에게 온 건 당연하다. 그의 뜻이 복령군보다는 왕후를 좇는 게 더 자연스럽다. 하물며 왕후의 외척이 설마 손에 직접 피를 묻히는 자객으로 나설까?

아닐 것이다. 나는 고개를 젓는다. 그러면서도 행동 하나하나를 유심히 곁눈질한다. 그래도 복령과 좌상 진영에서 온 첫 번째 인물, 마음을 완전히 내려놓을 수 없어 끝까지 살피고 주시한다.

"우상 어른께 전해주오. 서백화가 알현을 청한다고."

"별당으로 드시지요. 이미 많은 분이 와 계십니다."

"오, 그렇소?"

잠시 그가 멈칫한다.

"그렇다면."

안내하려던 우상의 큰아들이 덩달아 걸음을 멈춘다.

"이따 다시 오지요. 둘이서만 긴한 말씀을 좀 나눠야 해서."

그가 다시 덧붙인다.

"나루터 객관에 하룻밤 묵을 자리가 있을지 모르겠소. 서백화가 뵙기를 간청한다고 말씀이나 올려주오."

뒷간에 가는 양 미행하러 일어선다. 정말 혼자인가?

신 찾아서 신고 댓돌 내려서는 순간 갑자기 온몸 그 자리에서 얼어붙는다. 대삿갓 틈새로 꿈인 듯 황홀하게 그림처럼 선 여인.

오오 이게 누구신가! 이 사람이 그 사람이던가!

해 뉘엿뉘엿 저무는 주홍빛 저녁, 얼굴에 사선으로 그 주홍빛 아로새기며 내 앞에 나타난 여인. 여기저기에서 하인들 부산하게 일어나며 넙죽넙죽 인사한다.

"아이고, 정동마님 오셨습니까!"

그 소녀, 이젠 정동마님인가.

어쩌면 세월 그토록 흘렀건만 눈매 그대로 사람 마음 한순간에 흐려놓는지, 위엄 있게 허리 곧추세우고 입성은 여느 대갓집 안방마님처럼 정갈하면서도 화려하다. 중국 비단옷에 앞에 찬 노리개조차도 어여뻐서 그림 같구나.

이 순간 얼마나 기다렸던가.

이런 꿈 몇 번이나 꾸고 또 꾸었던가.

그 사람 꿈에 본 그대로 내 앞에 서 있으니 홀연 눈물 핑 돈다.

큰소리로 이름 부르며 달려가 얼싸안는, 숱하게 꾼 꿈들 혼자 떠올리는데 소녀, 아니 정동마님 뒤로 서방님인 듯 장대한 체구의 남자 성큼성큼 걸어서 나타나신다.

가만있자, 저자는?

첫인상 사뭇 낯이 익은데 금방 기억나지 않는다.

하이고, 어디서 보았지? 누구지?

그러고 보니 우상 사위는 이상할 정도로 세상에 알려지지 않았다. 왜 그럴까?

옛날 광에 갇혀 들은 기억으로 영운판서댁 둘째 도령이랬지.

영운판서는 누구를 말하나?

수령군을 모시면서 관가의 몇몇에게 물어봤지만 아무도 아는 이 없었다. 하긴 그 이후 임금이 두 번이나 더 갈렸으니까.

정말 그 집에 시집을 갔는지도 의문이다. 혼담이 있다가 말았을 수도 있는 일, 사실은 영운판서란 것도 글로 쓴 게 아니라 말로 들은 거라서 정확한지 아닌지 자신이 없다.

소녀, 아니 정동마님 대삿갓 쓴 나를 당연히 알아보지 못한다.

삿갓 벗고 있었으면 알아보았을까?

그대로 빈소 차려진 대청마루에 올라가서 남편과 나란히 절한다. 상복 입은 우상의 아들들과는 이복남매간, 다들 깍듯이 누님 내외를 맞는다.

우리 엄마 보고 싶어.

밤하늘 올려다보며 소녀 곧잘 눈물 글썽였다. 난리에 돌아가신 어머니, 우상은 그 뒤 평안감사 지낼 때 부잣집 처녀에게 새장가를 들어 아들 셋에 딸 둘을 보냈다.

"노환이냐?"

목소리 근엄하신 정동마님, 그 말투 참으로 낯설고 어색하다.

"음식을 잘못 드시고 배앓이를 오래 하셨답니다."

남동생들이 대답한다.

"무슨 음식을?"

"생전 안 드시던 날생선을 드셨다고."

"운이 다하셨던 게지. 아버지는?"

"내별당에 계십니다. 사람 많아서 번거롭다고요."

"상주가 뒷전에 물러나?"

"이상한 소문이 돌아서요."

"그래?"

"이것 좀 들고 하세요."

내별당에 한 상 차려간 뒤에 작은 소반에 떡과 고기 얹어서 노치가 들고 온다. 그를 따라 안으로 들어와 앉는다.

"근데 저분은 뉘시오?"

짐짓 모르는 양 무심한 말투로 노치 어깨 툭 치며 묻는다.

"이집 큰따님이신 정동마님입니다."

"큰따님이 있었나?"

"네."

"사위는?"

노치, 힐끔 내 얼굴 쳐다본다.

"왜?"

"사연이 하도 깊어 단번에 말하기 어려우니 그냥 모르시는 게 낫습니다."

목소리 잔뜩 깔아 비밀 얘기 하듯 아뢴다. 분위기 석연

찮다. 예사롭지 않은 무언가가 있는 모양이다.

"아무 사연 없이 세상 사는 자 몇이나 있을까마는 이런 댁 따님한테도 남한테 말 못할 사연 있던가?"

이놈 좀 보게, 이번엔 아예 대꾸조차 없다.

"이보게나."

정색하고 말한다.

"내가 모르는 게 있어서 쓰나? 대강이라도 말씀하게."

단순한 호기심이 아니다. 맡아온 막중대임과 결부시킨다. 그제야 노치, 마지못한 듯 털어놓는다.

"이 집 큰따님 팔자에 굴곡이 많아서 서방님을 세 번이나 갈아치웠어요. 지금 저 사위는 얼마 전에 들였다는데 저도 이번에 처음 뵙습니다."

그래서 우상 댁 사위가 바깥으로 알려지지 않았구나.

"왜 정동마님이라고 부르는 겐가?"

우상이 정동에 집과 종을 마련해 딸 몫으로 준 게 첫 결혼에 실패한 뒤란다. 실패한 사연 조심스레 묻는다.

"사화에 결딴나서 일문이 패망했다지요."

손으로 꼽아본다. 그 댁이 뉘 댁이지?

호조판서를 지낸 정인국, 선왕의 선왕 시절이지. 억울하게 죽은 폐비의 일이 탄로 나서 조정에 피바람 분 적 있었다. 아버지는 사약으로 죽고 자식들은 노비로 팔려갔다. 달아난 아들도 있어서 오래도록 수배령 내렸다던가. 여자들은 모두 지방으로 보내 관비로 박았다.

"두 집안이 사돈 맺고 참 잘 지내면서 동인 방을 이끌다시피 할 때였는데, 갑자기 대감 꿈에 노인이 하나 나타나더니 다짜고짜 팔뚝만 한 가위를 들고 큰따님 옷에 묶인 붉은 실 한 가닥을 끊어 손에 쥐여주더랍니다. 집안이 송두리째 망할 뻔했다면서."

그 꿈꾸고 용한 사람 불러 물었더니 붉은 실은 연분인데 횡액 닥쳤으니 빨리 손을 쓰라고, 맺은 연분 있으면 앞뒤 재지 말고 당장 끊으라고, 그날로 급히 동인 방을 나와 딴 짓 꾸몄다던가. 딸은 친정으로 불러들이고 다시 보내지 않았는데, 채 달포도 안 지나서 동인 방이 거덜 나고 사돈댁도 무참히 무너졌다는 것이다.

그런 일 왜 안 하리, 그것도 사랑이거늘.

짐승한테 짓밟힌 딸을 구해내고 지켜준 첫사랑, 가차 없이 광에 가두어 죽이려던 사람. 딸의 앞날 위한답시고 무슨 짓이든 할 사람. 그런 왜곡된 사랑과 인품이 딸을 과연 행복하게 만들었을까?

"이만하면 하늘이 내고 귀신이 돕는다는 게 어떤 건지 알 만하지요? 우리 대감은 알면 알수록 참으로 신출귀몰한 분이랍니다."

병조판서 정인국의 호가 영운이던가.

이제 대강 수긍이 간다. 누구도 입에 담기 싫어하는 흉사에 화를 입었으니 그 뒤로 이름 물어도 아는 이 없었구나. 시집간 딸을 그렇게 불러들여 또 어디로 보냈더란 말인가.

빈소에 절 마치고 대청에서 말씀 나누던 정동마님 일어나신다. 이목구비 그대로인데, 고운 눈매도 그대로인데, 어딘지 인상 사납고 무섭다. 기세도 사뭇 거세고 등등하다.

소녀야, 그 뒤로 어떤 인생 살았느냐. 아무리 파란곡절 심해도 나 같기야 했으리.

나하고 산골짜기에서 나무 때어 밥 짓고 겨울에 얼음 깨어 빨래하며 살기만 했으리. 그때는 원망 깊었지만 지금 돌아보면 백 곱절은 잘된 일, 그런데 곱고 순하던 그 얼굴 왜 그리 무섭게 변하였는지.

다시 보니 입가에 팔자주름, 이맛살에 일자주름 선명하다. 길에서 우연히 마주쳤다면 알아볼 수 있었을까.

세월 참 무심하여라. 삼십 년 만에 만난 그리운 내 소녀, 어느 대갓집이나 문 밀치고 들어가면 고함치며 나올 법한 흔한 안방마님 되었구려.

기묘하다, 생각할수록. 아무것도 변하지 않은 그대로인 데 또한 모든 게 다 변해버린 이 해괴한 어긋남과 부조화 여. 그 상반되는 두 가지, 왜 한사람에게서 똑같이 나타나 는지.

한동안 혼란에 빠져 허둥대다가 소스라치며 깨닫는다.

그렇구나, 이 또한 감정을 제대로 다루지 못해 일어난 교란이구나.

변하지 않은 것은 추억, 나머지는 모두 다 변했다.

세월 흐르고 나이 들어 변하는 것은 자연사, 이미 알지 않느냐? 감정 너무 싣지 마라. 자연사 자연 따라 흘러가는 데 슬프고 애달픈 것 무에 있으리.

이제 와 돌아보면 소녀 그때 도섬에 온 것부터 도섬에서 떠난 것까지 모두가 그녀 인생, 사랑하지 않았다면, 끼어들 지 않았다면, 내 감정 싣지 않고 흐르는 그대로, 자연사 자 연 따라 흘러가게 그냥 두었더라면 예까지 오는 동안 서로 아픈 인연 만들지 않았을 것을.

이제라도 마음 내려놔야지. 세월에 얹어두었던 마음도, 소녀에게 얹은 마음도 모두 다 내려놓고 자연으로 돌아가야지. 오십 가까웠으면 그 정도는 마음 다룰 줄 알아야지. 자연사에 마음 얹어 더는 낭패 보는 부질없는 짓 말아야지.

내별당으로 가는 정동마님 뒤로 장대한 남자 따라간다. 뒷모습 보니 새삼스럽다. 나보다 머리통 하나는 더 있으려나. 체격 좋아 그런지 걸음도 볼수록 예사롭지 않다.

저 걸음, 놓았다가 살짝 비틀며 걷는 저 걸음은 수련자의 것이다. 수련자도 일이 년이 아니라 오랫동안 지속해온 전문 수련자의 걸음이다. 발꿈치가 밀렸다가 바깥으로 향하며 다리와 일직선을 이루는 무인의 걸음, 노치와는 또 다르다. 노치 걸음 역시 어느 정도 각은 잡혔으나 왼발과 오른발의 각도가 다르고 모양 또한 항상 일정하지 않다. 노치와는 비교할 수 없는 걸음, 저 정도면 고수가 틀림없다.

"얘기 마저 해보게."

"어디까지 했던가요?"

"두 번째 혼처 얘기하면 돼."

"두 번째는 말씀드릴 게 별로 없소."

왜? 열흘을 채 못 갔으니까. 상대는 이름만 대면 알 만한 정승, 재취로 들어갔다가 초야 치르고 노병 얻어 금방 죽었다.

"그게 언제 적인가?"

"한 십여 년 되었지요?"

가만있자, 그렇다면?

선왕이 아버지처럼 섬기던 영의정 윤기순이군!

"기구하지요, 참."

"그래도 대감은 딸 덕 톡톡히 보았겠네. 결국 윤정승 덕분에 오늘날 심숙보 있는 것 아닌가?"

"그러니 따님을 애지중지하지 않습니까요."

그랬구나. 소녀야, 너도 나만큼 기구한 인생 살아냈구나.

"하면 세 번째는?"

"모릅니다요."

"자네가 몰라? 이 집안에서 자네 모르는 일도 있는가?"

"이번 상대는 따님이 직접 골랐답니다."

"그래? 벼슬은 있고?"

"전조에 잠깐 훈련원에 있었다지요. 지금은 잘 몰라요."

그것 봐라, 무반이 틀림없지.

"우상께선 물론 승낙한 사람이겠지?"

"그럼요."

그렇다면 어딘가 쓸 만한 구석 있겠지. 그런데 왜 자꾸 낯이 익은지, 도대체 그를 어디에서 봤던가.

나이 든 뒤로 한번 본 사람 부쩍 자주 잊어버린다. 나도 말년에는 노망들려는가. 노망들어 자꾸 집에 가자고 보채려는가.

7

계
락

닭은 창공을 나는 새를 꿈꾸며 새벽마다 운다. 닭이 우는 것은 이룰 수 없는 꿈 때문이다. 날고 싶은 닭의 꿈은 누가 잃어버렸나. 지금 우는 저 닭이 아니라 먼 옛날 어느 조상 닭이다. 이유는 굳이 창공을 날지 않아도 쉽게 구할 수 있는 모이 때문일 테지. 게으른 어느 조상 하나가 달콤한 유혹에 빠져 포기해버린 날개, 그게 꿈이 되어 후생들을 새벽마다 괴롭힌다. 다시 날게 해달라고.

힘들게 나는 대신 편안함을 얻지 않았느냐고 변명하지 마라. 어딘가에 종속된 삶은 옳은 삶이 아니다.

"빼앗아놓은 용상에 누굴 앉히느냐, 그것만 남았어."

"소리 더 낮추시게."

"합의를 잘 해야지. 저쪽과."

"누구를 보내겠지."

"양승지나 한판서가 온다더군."

"그 정도는 돼야지. 세간의 이목도 있고."

"복령 쪽에선?"

"아까 언뜻 보니 서백화가 내려온 것 같던데?"

"서백화도 괜찮지."

"이상한 소문 돌던데."

"동월이?"

"이쪽은?"

"여긴 맹탕인가 봐."

"아냐, 측근 칼잡이를 하나 보냈대."

"칼잡이를 왜?"

"우상을 보호한대나 어쩐대나."

낄낄대는 웃음소리 몇 번 이어진다. 이게 대체 무슨 말들인가. 얼굴 보려고 몸 비틀다가 잠깐 눈빛 마주친다.

"거, 누구요?"

고함지르는 자 얼굴 남도명 같다. 맞상대는 보지 못했다. 이들에게 무슨 계략 또 있는가. 내가 모르는 무언가가 분명히 있다. 그걸 알아내야 한다.

이것 참 재미있군.

또 다른 주머니에 뒤통수 칠 구슬이 들었다? 갑자기 정신이 번쩍 들고 등줄기 서늘해진다.

내별당에 마지막으로 들어간 이는 백화 서상필, 우상과 단둘이 마주앉아 긴한 얘기 나누다가 얼마 뒤 소헌이 불려 들어간다. 안에서 세 사람, 좀처럼 말이 끝나지 않는다. 무슨 얘기 오가는가, 듣지 못해 안타깝다. 복령 진영 사람인 백화가 내 짐작처럼 우상을 해칠 사람이 아니라 되레 한패란 말이던가.

정치, 복잡하다. 잠깐 사이 흑백도 바뀌고 피아도 바뀐다. 판세 잘못 읽으면 한순간에 날아간다. 한번 날아가면 다시 오기란 죽은 자 살아나기만큼 어렵다. 머리 나빠도, 감각 둔해도, 너무 맑고 착해도 못 끼는 데가 정가다. 내용은 없고 수사修辭만 화려한 곳, 진심은 없고 생색만 다투는 곳, 진실로 충직한 이는 결국 배겨내지 못하는 곳이 조당이다.

"대감께서 선다님 잠자리 봐드리라고 하십니다."

노치가 내별당에서 나와 대청에 오르더니 별로 조심하지도 않고 아주 대놓고 말한다.

"선다님 주무셔도 별당에 사람 많아서 괜찮을 겁니다요."

그제야 나도 진종일 쓰고 있던 삿갓 벗는다.

"이제 어설픈 중노릇도 그만 하나?"

"편하신 대로 하세요. 낯선 사람 섬에 많이 들어와서 굳이 숨을 이유 없으니까."

노치가 싱긋 웃는다. 보아하니 판세를 잘못 읽은 자는 나 하나뿐, 노치도 딴 꿍꿍이 알고 있는 눈치다.

"어제 험한 데 뙤셨다고 대감께서 영 편찮으신 모양입니다. 오늘은 서별당 안집에 특별히 금침 깔아드리라는 하명이 계셨는데, 어찌하오리까?"

나는 웃는다.

"일없네."

"왜요?"

"우리 같은 사람 금침에서 자고 나면 병 얻어가지."

"그럼 어디에 자리 볼까요?"

"내 알아서 잠세. 줄행랑이 전부 다 잠잘 곳이던데 뭐. 자네 말처럼 낯선 사람 천진데 누가 나를 알아보랴."

"에이, 그래도 그건 좀 그렇지 않나요?"

"그렇긴 뭐가 그래."

"비밀리에 오셨는데 혹시 누가 알아보면 어쩌려고요."

"비밀리에 왔지만 여기 와서 보니 그다지 비밀이 아니군."

"비밀이 아니라뇨?"

"아까 누가 그러더군. 수령군이 칼잡이 하나 보냈다고."

"누가요?"

"내별당 들어갔다 나온 사람이지 누군 누구야."

노치 잠시 멈칫한다. 당황하는 기색 역력하다. 그쯤에서 넘겨짚는다.

"돌아가는 판세를 가만 보아하니 대감이 위험한 것도 아닌 것 같고."

너희가 다른 계략 있다면 그것쯤 내가 못 알아내랴. 노치는 금세 안색이 흐려진다.

"선다님, 무슨 오해를 하셨는지 모르지만 우리 대감마님 끝까지 지켜주세요."

목소리 떨리고 눈빛과 표정에 간곡함이 묻어나온다.

그런데 말이지, 자네 너무 그러니 나는 그게 되레 이상해. 우상은 주로 한양에 살지. 노치 자넨 도섬에 기거하며 본가와 문중 일을 보지 않나. 두 사람이 만나봐야 몇 년에 한 번 대면할까. 정이 들면 얼마나 들고 충성이 깊으면 얼마나 깊을까. 노치 자넨 진심이 아니군. 자넨 꽤나 연기를 잘한단 말일세.

"허허, 알았네. 대감이 위험하다면 마땅히 내가 나서야지. 그러려고 예까지 천 리 먼 길을 한달음에 달려오지 않았나."

얼렁뚱땅 말을 덮는다. 미봉이다. 어차피 노치 목을 졸라서 들을 말들은 아니니까.

"잠자리 걱정은 말게. 내가 알아서 잘 테니."

삿갓 목 뒤에 걸고 바깥으로 나온다. 섬에 밤공기 얼음처럼 차다. 상갓집 바깥 주막에도 등불 훤하고 사람들 시끌벅적하다. 고성에 섞여 간간이 여자 웃음소리도 들려온다.

소녀 한번 만나볼까.

생각만으로도 가슴 겁나게 뛰기 시작한다. 이 객쩍음은 오십이 가까워도 여전하네그려.

무엇이 그토록 좋았나. 무엇이긴 무엇인가, 다 좋았지. 여기 이 세상에서 한번 하는 사랑. 후회도 없고 미련도 없다네. 마음 두는 법 가르쳐줘 고마우이. 그대 아니면 사랑의 꽃봉오리 피웠을까. 꽃 진 자리에 열매 달려 오랫동안 스스로 맵고 향기로웠다네.

일찌감치 소녀는 서별당 안쪽 작은사랑에 들었다. 고인의 딸들과 이복자매들이 묵는 곳, 소녀를 따라온 서방님은 내별당에서 제법 한참 나오지 않다가 검산이 나올 적에 따라 나와 둘이 함께 바깥사랑채로 갔다.

생각이 막히고 끊어진 곳을 집요하게 공략하고 또 공략하다가 마침내 번쩍 실마리 하나 떠오른다.

정규 스승 문하에서 필검 배울 때, 칼잡이들 여럿 만났었지. 칼 웬만큼 쓴다고 자신하는 자들, 계룡산 아래 천막 집 짓고 살던 한 무리의 검객들, 짐승처럼 살던 자들, 누군가가 그랬었지. 임금의 이복아우가 남몰래 기르는 사병이라고. 곧 한양에서 봉기하면 한달음에 올라간다고. 천막 속에 땟국물 줄줄 흐르던 여자와 애들, 시커먼 젖통 드러낸 채 애 업고 군불 때던 아낙들, 그들 가운데 정규 스승 아는 사람 있었지. 동향에서 함께 자란 아우라고 했던가. 제매라고 소개한 이도 있었던 것 같은데 누군지 잘 모르겠군.

아무튼, 몇 사람 한꺼번에 보았지. 그때 만난 체격 좋았던 팔 척 장신, 저만한 체격과 신장이면 한번 본 사람도 웬만해선 잊기 힘들지. 틀림없지 싶은데 또 시간 흐르니 슬그머니 기억과 초점 흐려진다. 빌어먹을, 정말 어디서 본 사람이더라?

주막 평상에 걸터앉아 탁주 반 되로 목 축이고 별 본다.

발에 물 한 번 바르고 낙엽 밟으며 걷다가 담벼락 그림자에 들어서는 순간 담 위로 솟구친다. 밖에서 내별당 통하는 길이야 진작 눈여겨 봐두었지. 쪽문과 긴 행랑채들 거치지 않고 야산 방향으로 걷다가 거꾸로 돌아서 개울 하나 건너고 담 넘으면 내별당이 제일 먼저다. 하늘에서 쏟아지는 달빛과 별빛, 열이틀 둥근 달에 남십자성 더욱 밝다. 축시도 지나 인시에 접어든다.

안채 창호엔 아직도 너울대는 불빛, 댓돌에 신발은 셋이다.

자꾸 낙엽 바스락거려 걸음 옮기기 쉽지 않다. 신발에 다시 물 적시고 바람에 올라타서 걷는다. 창호에 미친 듯이 춤추는 불 너울, 물때도 바뀌었나, 자던 바람 제법 매섭다.

"왕후께서 저에게 권한을 맡겼으니 우리가 결정한 대로 왕통은 흘러갑니다."

우상 목소리, 듣기 다소 민망하지만 사실이 그렇다. 정사의 주도권을 움켜잡은 그를 뉘라서 감히 거역하랴.

"내려오기 전에 왕후마마께 직접 말씀을 들었답니다."

이건 서백화 목소리 같다.

"아, 그러셨구나. 서백화가 그럼 왕후마마의 외숙이 되시던가요?"

"외당숙이지요."

"허허, 그럼 멀지도 가깝지도 않구려."

"손이 귀해서 가까운 편입니다."

"좌상하고도 인척간이 아니던가요?"

"옛날엔 그랬지요. 하오나 벌써 오래전에 끝난 인연입니다. 왕년에 죽은 누이의 매부면 처삼촌보다도 촌수 더 멀던가요."

"얼마나 되었습니까?"

"이십 년이 넘고 삼십 년에는 모자랍니다."

"저런, 무슨 병환이었던가요?"

"아이 낳다가요."

"거참, 나한테도 그런 아픈 인연 하나 있었지요. 조강지처 일찍 여읜 것도 그렇고, 가만 보면 민윤복이와 내가 비슷한 게 참 많아요. 병진생 동갑이지, 과거도 한날한시에 붙었지, 젊어서 죽을 고비 숱하게 넘기고 이제야 좀 살 만한가. 한때 잠시 같은 배 탄 시절도 있었고. 이런 사이 아니라면 맑은 술 앞에 놓고 술잔 기울여도 밤새 이야기 끊이지 않을 텐데. 언제 한번 그런 시절 오려나. 관복 벗어 던지고 부벽루에 마주 앉아 권커니 잣거니 회포 풀어낼 때가."

"대감께서 그런 마음이시면 다리를 한번 놔보지요."

"아니요, 아닙니다. 마음만 그렇지 길이 달라 안 되오. 달과 바다는 수만 리를 두고 있어도 서로 좋은 벗이거늘."

"수령이나 금령 쪽에선 사람을 보냈습니까?"

"금령은 아직 안 왔고, 수령이 보낸 사람은 밖에 있어요."

천하에 비밀로 하자던 얘기, 제 입으로 다 털어놓는다. 그렇다면 나보다 저쪽이 한 수 위다. 도무지 거니를 알 수 없다.

"여하튼 복령군의 뜻은 충분히 알겠소. 내 막내딸이 그럴 재목이나 될지 모르지만 정히 그렇다면 며칠 고민해보고 말씀드리리다. 지금 복령군 부인은 우찬성 김육의 따님이던가요?"

"맞습니다."

"그렇다면 서북인들과는 완전히 선을 긋겠단 말씀이지요?"

"여부가 있습니까."

흠, 이 구경 갈수록 재미있다.

복령이 내민 패는 혼인계인 모양이다.

"그런데 참, 동월이 소문은 누구 머리에서 나왔소?"

"어떻게 아셨는지?"

"그걸 왜 몰라, 신참들이나 속지. 그 말이 다른 쪽에서 안 나오고 복령 쪽에서 나오기에 대번 알아차렸소. 제 얼굴에 침 뱉는 건 계교뿐이거든. 그래서 옥석은 많이 가려냈소? 껄껄. 덮개 열어보니 죄다 시커먼 까마귀들이지요?"

쿨럭, 큰기침 소리에 잔기침 소리 섞인다.

"물 좀 떠올까요?"

그 목소리는 낯설다.

"아니야, 그냥 둬."

"그럼 문이라도 좀 열지요."

창호의 붉은 너울 거세게 일렁거려 황급히 댓돌 아래 몸을 숨긴다. 때마침 희디흰 달빛 대청에 떨어진다. 문 열고 고개 내미는 사람은 이 집 사위, 아까 본 소녀의 남편이다.

바람 불 때 몸 굴려 반대편으로 빠져나온다. 담 넘고 개울 건너 밤이슬 맞으며 갔던 길 되돌아온다.

세
번
째
상
어

어제 그 헛간에서 또 하룻밤을 묵습니다.

수많은 일이 있으나 무엇을 아뢰오리까.

저들의 간교한 흉계가 무엇인지 알아내면 신이 반드시 해결하겠사오니 주군께서는 그저 편히 지내시며 좋은 생각만 하소서.

오늘 상가에서 들은 이야기이온데 젊은 부부가 낳은 아이가 밤중에 갑자기 몸이 불덩이처럼 달아올라 등에 둘러업고 밤새 달려가서 의원 집 문을 두드렸지만 돈이 없어 의원한테 보이지도 못하고 그만 죽었다고 합니다. 그 부모가 아이 잃은 게 한이 되어 지금도 길에서 의원 행차만 보면 돌팔매질을 한답니다.

내포에 사는 한 어부는 너무 찢어지게 가난한 탓에 딸을 여읠 때 놋쇠 숟가락 한 벌 겨우 챙겨서 보냈는데 딸이 시집가서 금방 소박을 맞고 친정으로 돌아와 목을 매고 죽었답니다. 어부가 그 일로 식음을 전폐하고 괴로워하다가 고기를 잡아오겠다며 배를 끌고 나가서 몇 달이 지나도록 아직 종무소식이랍니다.

미륵산에 사는 효성 지극한 처녀는 홀어머니를 두고 시집을 못 가서 뭍에 사는 총각을 데릴사위로 들였는데, 혼례 치른 이튿날 홀어머니가 산에 올라가 아래로 몸을 던져 죽었답니다. 딸네 부부 어려운 신혼살림에 더는 짐이 되기 싫다고 산에서 만난 동네 사람에게 유언을 남겼더랍니다.

인간사에 이런 일 얼마나 흔한지요.

백성들은 대부분 사람이 나빠서 죄를 짓는 게 아니라 가난 때문에 죄를 짓습니다. 가난이 자식을 빼앗아가고, 부모 노릇을 가로막고, 자식 가슴에 못을 박습니다. 돈 있으면 짓지 않을 죄, 가난해서 짓고 삽니다. 가난해서 지은 죄는 바깥으로 드러나는 것보다 안으로 더 깊이 뿌리를 박고 맹독을 퍼뜨려 사람을 괴롭힙니다. 그런 죄는 굳이 벌할 필요가 없습니다. 바깥에서 벌하는 것보다 훨씬 크고 깊은 고통을 이미 스스로 받고 있기 때문입니다.

가난한 자의 생애는 참으로 누추하고 비루하며 구차하고 끔찍합니다. 헐벗고 굶주려서 날마다 비참합니다. 세상에 태어난 것 자체가 노역이요, 형벌입니다. 죽지 않으면 만기도 없고 끝도 없는 형벌의 세월을 죄인처럼 노예처럼 묵묵히 견디는 것입니다.

하지만 이들은 결코 특별한 자들이 아닙니다. 무엇이 게으르거나 부족하거나 못나서 가난한 자가 되는 것도 아닙니다. 멀쩡하던 소금장수 갑자기 등창 나면 곧바로 헐벗고 굶주립니다. 딸린 식구가 있으면 그들 모두가 똑같이 헐벗고 굶주립니다. 물장수 다리 아파도, 나이 들어 노망이 나도, 머리에 실 같은 핏줄 하나 터져도 곧바로 끔찍한 야생으로 내몰립니다.

야생은 강자에겐 천국, 약자에겐 지옥과 같습니다. 갈기갈기 찢어져 고통스럽게 죽어가야 하는 약자의 운명, 그들에게 지옥은 멀리 있는 게 아닙니다. 당장 대문 밖이 지옥입니다. 기운 빠지고 힘 잃으면 잡아먹으려고 항상 문밖에서 커다란 아가리 벌리고 기다리는 것이 바로 야생이며 지옥입니다.

국법이 아무리 엄해도 사흘 굶고 남의 집 담 넘지 않을 자 몇이나 되오리까? 사흘 굶고 남의 집 담 넘을 때, 그자 마음은 이미 지옥입니다. 지옥에서 괴롭힘을 당하고 또 당하다가 급기야 어쩔 수 없어 남의 집 담을 넘는 것입니다.

흔하디흔한 장삼이사, 병아리 알에서 깨어나듯이 평범한 백성의 집에서 태어나면 인간사 시작부터 어쩔 도리 없이 가난한 백성이 됩니다. 그중에서 간혹 가난을 벗고 출세하는 자가 있지만 천에 하나, 만에 하나가 어렵습니다. 가난한 백성들은 대부분 가난하게 평생을 삽니다. 아무리 가난에서 벗어나려 해도, 아무리 천민 노비를 탈출하고 싶어도 국법과 제도의 벽 워낙 높고 견고해서 살아서는 그 신세 못 벗어납니다.

이 가망 없고 희망 없는 인생에 내가 왜 왔던가. 누가 나를 여기 데려왔나. 저 사람은 왜 저런 집에서 나고 나는 왜 이런 집에 났나. 저 사람 인생은 천당이고 나는 왜 지옥보다 못한 이런 인생 사는가. 사람 다 똑같은데, 세상은 그 누구의 것도 아닌 우리 모두의 것인데, 왜 천당 사는 사람, 지옥 사는 사람 있는가. 인생 살면서 이런 의문 안 품어본 사람 아무도 없습니다. 그러면서 한평생 노역에 동원되고 세금과 탐관오리의 학정에도 시달립니다. 땅 가지고 집 가진 자들은 한 뼘이라도 더 늘리고 한 푼이라도 더 챙기려고 교활하고 악랄한 셈법으로 가난한 백성들을 쥐어짭니다. 세상의 해충과 독충들이 곳곳에 도사리고 있다가 백골이 될 때까지 침을 꽂아 고혈을 빨아먹습니다.

그런데도 국법과 제도는 언제나 가진 자의 편만 들뿐 유사 이래 단 한 번도 백성의 편에 선 적이 없나이다. 백성을 지키고 보호해야 할 법과 제도가 되레 가진 자의 탐욕을 지키고 보호합니다. 아무것도 모르는 어질고 순박한 백성들은 하얗게 백골이 되도록 고혈을 빨리면서도 그 사실을 잘 알지 못합니다. 가진 자의 횡포에 너무 억울해 눈물이 나도 제가 잘못한 줄만 알지 세상이 그른 줄 알지 못합니다. 그저 삶이란 게 그런 줄, 인생이란 게 본래 고달픈 줄만 알고 살아갑니다.

임금이 없고 관리가 없는 곳은 있어도 가난한 백성이 없는 곳은 없습니다. 임금이 없고 관리가 없는 때는 있어도 가난한 백성이 없는 때는 없습니다. 천하에 가장 흔하면서 언제 어느 때나, 어느 곳에나 있는 것이 가난한 백성입니다.

주군이시여, 가난을 반드시 아셔야 합니다. 가난을 모르면 인생을 모르는 것입니다. 가난을 모르면 인간을 모르는 것입니다. 인생을 모르고 인간을 모르는 사람이 임금이 되면 천하가 지옥이 됩니다.

가난한 자는 만인이 꺼리므로 주변에 사람이 없습니다. 기댈 데도 없고, 하소연할 데도 없고, 도움을 청할 곳은 더더욱 없습니다. 그래서 늘 고립무원의 설움과 외로움 속에서 속수무책으로 살아갑니다. 주군이 다스리는 세상에서는 이들을 찾아 늘 가까이 두시고 그들의 말을 귀담아들으소서. 자주 그들의 말에 귀 기울여야 세상의 아픔을 어루만질 수 있나이다.

가난한 자가 죄를 지으면 사람을 탓하기에 앞서 가난부터 먼저 살피고, 부자가 죄를 지으면 비로소 사람을 탓하소서.

주군이시여, 가난은 나라의 공적이라지만 가난한 백성은 바로 그 나라입니다.

오늘도 수많은 가난한 백성이 감옥 같은 세월에 갇힌 채로 폭정에 시달리고, 제도에 속고, 가진 자의 탐욕과 횡포에 이리저리 휘둘리면서 맹수에게 쫓기는 불쌍한 강아지처럼 힘들게 하루를 살아갑니다. 이들을 도우려고 관청이 있고 조정이 있으며 나라가 있고 임금이 있습니다.

주군이 다스리는 세상에서는 백성들이 행복해지기를 바랍니다. 가난 때문에 개인의 존엄을 포기하지 않도록, 처참한 야생의 나락으로 굴러떨어지지 않도록, 잘못된 길로 들어서지 않도록, 그리하여 궁극에는 가난 때문에 더 큰 죄를 짓지 않도록 우리 불쌍한 백성들을 항상 따뜻한 마음과 밝은 눈으로 굽어살피소서.

9

반
격

"자, 인사부터 나누시게. 여긴 수령군의 분신이나 다름 없는 장선달이네."

이튿날부터 심숙보는 비밀로 하자고 약속한 내 존재를 일방적으로 사정없이 까발린다. 상의 한마디 없이. 수령군과 맺은 약속 따윈 이제 소용없는가. 적이 불쾌하고 당혹스럽다.

"수령군께서 우리 장선달을 보내셨지. 이 몸이 걱정되어서 말이야, 헛헛헛."

어제 본 많은 이들과 어색하게 인사 나눈다.

"어이쿠, 장선달! 언제 오셨소?"

"본래 귀신같은 분이니 오가는 것도 귀신같구려."

"무슨 좋은 일 있소? 수령군 댁에서 뵀을 때보다 신수 한결 좋아 보이네."

"장선달 세상이 코앞에 닥쳤는데 신수 나쁠 리 없지."

"나도 말이지, 어릴 때 꿈은 무인무사에 검객이었다오. 칼 한 자루 등에 차고 세상을 평정한다, 카아 얼마나 멋있어? 사나이 가는 길 그래야지. 이거 맨날 글 들여다보고 시시비비 가리며 살다가 좀생이가 다 돼버렸지. 어떡할 거야 이거?"

"당신 그런 걸 왜 애먼 장선달한테 따져? 앞으로 잘 좀 부탁합시다. 수령군이 이제 용상에 앉으시면 장선달은 두려울 게 천지에 뭐가 있겠소? 삼정승 육판서가 뒤로 줄을 설 텐데."

"말 났으니 말이지만 백성의 여망을 등에 업은 분은 지금 세상에 수령군 말고 누가 있소? 우린 모두 일치단결로 수령군을 옹립하고 갈 테니 다 잘 될 거외다. 다음에 잘 봐주소."

무의미한 덕담들 쏟아진다. 그 번지르르한 수사 밑으로 오가는 진짜 내용을 알아야지 겉만 보면 아무것도 알 수 없는 일. 우상은 왜 이러나? 도무지 저 인물, 종잡을 수 없다.

"수령군은 어떻습니까? 거기도 모든 게 다 많이 후하지요?"

그 옆에서 누가 또 거든다.

"편하고 좋겠지. 부족한 것 모르고 사실 테지요."

수령군 머슴 살면 세간에선 풍족한 줄 안다. 돈도 많이 받는 줄 안다. 그런데 실은 혼자니까 그 돈 받아서 살지 처자식 있으면 어림없다. 지금 받는 새경은 십 년도 더 전에 해주 수령 난봉 부리면서 뒤 봐달라고 주던 새경보다도 적다. 일 년 치 새경 줄 때마다 박별감이 뒷머리 긁적거린다.

우리가 아무리 보상을 바라고 하는 일은 아니지만 자네 같이 천하제일 무사 데려다 놓고 대장장이 값을 쳐줘서 안 됐네. 사람이 원체 대범해서 그러신가, 아무리 말씀을 드려도 천 냥, 만 냥을 구분 못 해. 천석꾼이 한 되, 한 말 모르듯이. 나중에 용상에 앉으시거든 차곡차곡 모아둔 새경 한꺼번에 다 받아줌세.

물론 그런 일 없을 거라는 것 잘 안다. 박별감 마음이 그렇고, 뜻이 그렇다는 게지.

"명절에 뭐 하시나? 별일 없으면 나하고 좀 보세."

어느 해 추석날, 주군은 사랑에 조반 차려놓고 나하고

박별감 불러 셋이 같이 밥 먹었다. 따로 가져갈 음식도 광주리에 하나 가득 챙겨주었다.

무슨 일인가, 박별감한테 물었다.

"자네 처자식 없이 혼자 산다고 했더니 이런 자리 마련하시는군."

그 마음 이미 억만금, 죽을 때까지 잊지 못하지.

형님도 그냥 우리한테 오세요.

내가 칼 쥐는 법 가르친 조개똥이, 방삼돌이, 아직 어린 천용만이까지도 복령군 섬기면서부터 볼 때마다 화색 돈다. 하나같이 신바람 나서 우쭐댄다. 같이 대궐에서 자랐지만 거긴 또 후하기로 소문났다. 아마 그래서 왕자들 가르친 대제학 남효관이 복령을 첫손에 꼽는가도 모르지.

장부란 제일 먼저 통을 봐야지. 통이 크고 성품은 관후하고 베풀 때는 넉넉해야지. 맹상군 고사 무얼 가르치던가. 인심은 곳간에서 난다는 만고불변의 진리, 곳간 풀어야 사람 모이지. 그 새카맣게 모여드는 사람 중에서 인재 고르고 가려내는 재주를 배워야 비로소 치도를 논할 자격이 있다네. 백 명 천 명 먹여서 인재 고르고 찾아내는 안목 생기면 남는 장사 아닌가. 그런 분이 임금 돼야 천하가 편해.

형님 정도면 이삼 년 새경 모아 집 한 채 금방 살 텐데. 혼자서 우리 열 몫은 하시잖소.

큰일 하면서 푼돈 다투랴. 여긴 박하지만 그만큼 때 안 묻고 깨끗하다는 증거이기도 하다. 이놈들아, 중요한 건 따로 있다. 너희가 지옥을 아니?

지옥이라, 그런 데 있단다.

사랑 잃고 꿈 잃고 매일매일 무의미한 짓 되풀이하며 사는 게 인생 지옥이라면 바라볼 사람 아무도 없을 때, 무능한 임금은 죽지도 않고 그 자식들 전부 싹수 노랄 때, 그런 늪 같은 세월 만나서 가망 없고 희망 없이 사는 건 세상 지옥이란다.

거기 비하면 지금은 얼마나 행복하니. 무능한 임금은 죽었지만 훗날은 기대할 수 있으니. 사랑은 잃었어도 새로운 꿈 생겼으니. 죽어지내던 나 자신을 뜨겁게 다시 불태울 수 있으니. 그런 가망만 있다면, 칠흑같이 캄캄한 인생에서 요만큼 빤한 불빛만 밝혀준다면 우리 같은 백성들은 천 년이고 만 년이고 살 수 있단다. 새경 몇 푼보다 그게 더 중요하지. 앞으로 좋은 세상 온다는 강 건너 빤한 불빛, 생각만 해도 가슴 설레는 희망 말이다.

"검산께서도 우리 장선달을 잘 아시지요?"

바깥사랑에서 자고 나온 검산, 눈 멀뚱멀뚱 뜨고 나를 한참 본다.

"암, 알지. 알다마다."

알 리가 없다. 만난 적 없으니까.

"수령군의 그림자 아닙니까. 헛헛."

"수령군?"

검산이 새삼 눈 동그랗게 뜬다.

"수령군이 요만할 때 내가 몇 번 업어준 적 있지. 임금이 그 아들 낳고 되게 좋아했어. 지금 그이가 임금인가?"

"아닙니다. 지금은 임금이 공석이지요."

"아 참 그렇지, 내 정신 좀 보게. 이 사람들아, 자네들도 늙으면 이래 돼. 너무 비웃지 말어."

"비웃긴요."

우상이 웃으며 덧붙인다.

"수령군께서 저희와 손잡기를 원하신답니다."

이게 본심이었던가? 결국 이 말을 하고 싶은 것인가?

우리가 수령군을 원하는 게 아니라 수령군이 우리를 원한다. 수령군이 심복을 보내 정성껏 자신을 보호하고 섬긴다. 결정권은 우리한테 있고 권력은 나한테 있다. 임금도 내가 결정한다. 다들 똑똑히 보라, 내가 천하의 중심이다. 그 말을 하고 싶은 것인가!

"사람은 자기를 원하는 데 가야 편해."

팔순 검산이 빙그레 웃는다.

"자기가 원하는 데 가면 짜릿하고."

이제 더는 몸을 감출 이유가 없어졌다. 여기까지 나를 데려온 뱃사공만 불쌍하지. 가난하고 힘없으면 개죽음 흔하다. 미안하구려. 내가 이승 살면서 지은 죄는 저승에 가서 전부 갚으리다.

삿갓 따위도 필요 없다. 상가와 도섬을 얼굴 들고 활보한다. 비밀을 스스로 깠으니 제 목숨도 이젠 내가 걱정할 바 아니다. 알아서 하겠지.

뒷간 다녀오다가 문고리에 걸려 옷 찢어졌다. 찢어진 자리는 겨드랑이 바로 아래, 모양을 보니 기이하게도 패랭이꽃처럼 어지럽다. 불길한 느낌 왈칵 엄습한다.

이삼십 년 살면 모르는 일, 사오십 년 살면 더러 경험으로 아는 것 있다. 보이는 것과 보이지 않는 것 서로 연결돼 있음을.

언젠가 물 들이켜다 사발접시 깨뜨린 일 있었지. 팔방으로 날아간 조각 중에 나온 흉한 상징, 에이 그런 게 어디 있어요? 무시하고 웃었다. 그날 난생처음 칼 맞았다.

문인보다 무인이 운을 더 탄다.

정규 스승 지론이었다.

일진 사납거나 이상한 느낌 들면 절대로 무시하지 마라.

어머니 돌아가시던 날 아침에도 옆집에서 날아온 장독 뚜껑이 산산이 조각나서 우리 마당에 패랭이꽃 모양으로 흩어졌지.

낮에 나루터 주막에 나가 앉아 조객 실어 나르는 나룻배 구경하며 다시 심숙보 생각한다.

화는 나지만 그래도 보호해야지. 주군을 용상에 앉히려면 웬만한 것 꾹 참고 실세인 그의 지원 얻어내야지.

나는 주군을 섬기고 보호하는 사람, 지금 그 자리에 주군 대신 우상이 있다. 그럼 우상을 주군처럼 여기고 무조건 보호해야 한다. 나머지는 모두 주군이 알아서 판단할 일, 주제 넘게 나서지 말자. 나는 오로지 받은 명령에 따를 뿐이다.

나룻배 내리는 면면 틈에 이런 자도 눈에 띈다. 악명 드

높은 조만행曹滿幸이와 김무용金武用, 누가 하늘이 낸 단짝 아니랄까 봐 배에서 다정히 손 붙잡고 내린다. 저자들은 대체 무엇하러 여기 왔는가?

둘 다 갑부 아들로 태어나 제멋대로 휘어지고 굽은 자들, 이미 저지른 악행으로 팔도에 조명 악명 자자하다.

하나는 양곡 팔고 하나는 벼슬 팔아서 떵떵거리는 집안, 지방 원님치고 조만행이네 진상미로 밥 안 지어먹은 이 없다던가. 흉년에 어려운 사람들 고혈 빨아서 불린 재산을 아비는 아까워서 한 푼도 못 썼지만 물려받은 아들은 흥청망청 탕진했다. 젊어서부터 기생집 술집 들락거리는 재미로 산 조만행이가 사고는 또 얼마나 쳤으리. 치고박는 싸움질은 양반이고 개성 기방에선 살인까지 저질렀다. 그래도 제 아비 시절부터 어찌나 관가에 뇌물 갖다 바쳤는지 하룻밤 징역도 안 살고 풀려났다지. 사냥 나갔다가 재미로 활 쏘아 나무하던 젊은이 반병신 만들어놓고 콩 섞인 쌀 반 말 지고 가서 그 집 새색시까지 요절낸 자, 고관의 서자들과 어울려 다니며 온갖 더럽고 못된 짓만 일삼는 자, 길 가던 은상銀商을 무악재에서 살해하고 붙잡혀 취조당할 적에 조만행이 아비가 지팡이 짚고 관청에 가서 무섭게 호통쳤다지.

내가 아니면 이 나라 관가가 숨이나 붙어 있겠느냐고. 그 수많은 흉년 살년에 녹봉만 받아 산 자 몇이나 되느냐고. 정승이든 판서든 너희 똥도 다 내 것이라고.

마침 그때 금부도사는 의롭고 강직한 인물이어서 법대로 처리하고 흔들리지 않았다.

그런데 문제는 그 사람 하나만 그렇지 주위에선 시시각각 청탁이 바삐 오가고 뇌물이 성행했다. 부하가 상관을 구워삶고 상관이 부하에게 은근한 수작을 넣었다. 정랑이 조만행이를 구하려고 판서에게 가면 그 판서가 다시 정승에게 갔다. 세상이란 게 한 사람 바르다고 지킬 수 있는 게 아니다.

하필 그 자리에 그 사람 있어야 세상 바꿀 수 있다. 그 사람 다른 자리에 있어도, 그 자리에 다른 사람 있어도 바뀔 세상 안 바뀐다.

말편자 바꿀 사람 대장간에서 망치 들고 두들겨야 말편자 바뀐다. 대장장이 말편자 바꿀 생각 없거나, 대장간 옆에서 떡메 치는 사람이 제아무리 말편자 바꾸고 싶어도 말편자 안 바뀐다.

꼭 그 자리에 그 사람 있을 때만 세상 바꿀 수 있다. 하지만 이마저도 시작에 불과하다. 더한 모진 광풍을 이겨내고야 비로소 꽃이 핀다던가.

곧은 사람 하나 나타나면 그때부터 여기서 흔들고 저기서 흔든다. 한번 흔들고 안 되면 그만두는 게 아니라 오늘 흔들고, 아침에 흔들고, 내일 흔들고, 저녁에 흔든다. 밤에 자다 일어나서 또 흔든다. 한 사람이 흔들다가 모여서도 흔들고, 결국엔 떨어질 때까지, 곧은 사람 휘고 굽을 때까지, 네가 이기나 내가 이기나, 죽어라고 주야장천 줄기차게 흔들어댄다.

금부도사 보름여 만에 쫓겨나고 조만행이 풀려났다.

억울하게 죽은 은상 역모 가담자로 몰아서 조만행이는 풀려나며 상까지 받았다지. 그때 죽은 은상, 나도 안다면 아는 사람이다.

배 타고 싶어요.

왜 그런 꿈 꾸었을까?

배 타고 큰 바다로 나가서 율도국 찾아가 살려고요. 거긴 양반 상놈, 적자 서자도 없고, 부자도 가난뱅이도 없고, 난군도 탐관오리도 없다니까. 한평생 물고기 잡아먹으며 신선처럼 살 수 있대요.

그럼 지금부터 내 말 단단히 들어라. 먼저 네 아버지 유언처럼 종로 육전에 아는 사람 집으로 들어가서 은상을 배워라. 그래서 돈을 벌어 그 돈으로 배를 사라.

은상을 하면 배를 살 수 있어요?

그럼, 살 수 있지.

큰 판옥선도 살 수 있어요?

아무렴.

진짜요?

그럼 진짜지. 돈 벌어 큰 배 타고 용궁도 다녀오고 중국도 다녀와라.

히야, 정말요?

일찍 칼에 죽은 동료의 처자식, 제 어미 재가할 때까지 이삼 년 같이 살았다. 그 아이 자라서 은상으로 이름 떨쳤다. 장가도 들고 애들도 낳았다. 역모 가담자라고? 기껏해야 역모 꾸민 자들 집에 은 팔러 다녔겠지. 상것이 무슨 역모를 저질러? 역모 저질러 무얼 얻는다고?

조만행이와 손 붙잡고 배에서 내린 김무용은 한때 임금 떡 주무르듯이 주물렀던 김상궁의 친정 조카, 실은 김상궁의 아들이란 말도 있었지.

정사 지극히 문란하던 때 임금 후려 벼슬 얼마나 팔아댔던가. 구설의 정점에서 십여 년을 변함없이 활개 치던 김상궁, 결국엔 반정 일어나 사약 받고 죽었지만 그 많던 재산은 이미 옛날에 친정으로 빼돌렸다지. 그게 전부 김무용이한테로 넘어가서 뒷말 무성해지려던 무렵 좌상 민윤복의 서녀와 백년가약을 맺으며 일거에 구설을 잠재웠다.

김무용 재산의 절반이 좌상에게 갔다던가.

좌상이 서북인의 영수로 확실한 자리매김을 한 것도 그즈음이다. 흔히들 인심은 곳간에서 나고 사람은 돈과 자리로 부린다고 하지.

최근엔 약간 다른 소문도 나돈다. 처에게 손찌검을 곧잘 해서 좌상이 몇 번이나 칼 들고 뛰어갔다는 말도 있고, 남인인 어느 관인의 딸과 새살림 차렸다는 풍문도 돈다. 이 위인도 워낙 막돼먹은 종자에 호색한이라서 추문은 끝이 없다. 팔도에 벼슬 사고판 증거가 제 수중에 있다고 큰소리치면 아무도 건드리지 못한다지. 비록 벼슬을 사고판 당사자가 아니라도 집안 망신 면할 길 없으니 뒤에서 욕할망정 앞에서는 달래고 숙인다. 게다가 아직은 좌상의 사위라서 시골 현감 정도는 이름만 들어도 알아서 긴다.

게 짠물에서 놀다가 가재 만난다고, 천하의 무용지물 김무용이가 전국을 무대로 한세상 신나게 놀다가 다시없는 관포지교 만났다며 좋아라한 이가 만행으로 이름 떨치던 조만행이다. 왜 이제야 만났던가, 손잡고 배에서 내린 절친한 관포지교, 구름 같은 조객들 틈에 섞여 조문하러 들어간다. 그 뒷사정도 퍽이나 궁금하다. 좌상의 서얼 사위가 왜 우상은 찾아오는가.

시장기 돌아 국밥 한 그릇 시키고 두 한량 발걸음 따라서 시선 돌린다. 그때 또 오셨냐며 눈 찡긋거리던 곱상한 주막 아낙네 잰걸음으로 국 사발 들고 왔다가 내 앞에서 돌연 헛발질하며 땅바닥에 엎어진다.

쨍그랑!

손에서 빠져나간 국사발 하필 땅에 박은 돌에 정통으로 맞아 깨어진다.

"어마나, 나리님 죄송합니다요!"

"저런, 팔에 국 쏟았네. 어서 찬물에 담그게."

"에구에구, 어쩔까. 나리님 옷 다 버렸네!"

허리에 찬 행주 빼 들고 내 바지에 쏟은 국물 이리저리 닦아낸다.

"나는 괜찮으니 자네 덴 곳이나 살피소."

행주 빼앗아 바지 닦는데 왈칵 이상한 예감 또 뒷덜미에 흐른다.

오늘 일진 왜 이러나. 운수 몹시 사나운 날이구나.

배가 또 오네. 사람들 쑥덕거린다.

나루터 바라보니 한 사람만 태운 배가 미끄러지듯이 들어온다.

햐, 나룻배 대절하고 오는 저 사람은 또 누군가.

서울 조당이 온통 다 도섬으로 옮아오는군.

평생 섬에서만 살아온 우상의 일문들 신바람들이 났다.

섬 생기고 이런 구경 처음일세. 우리 여운대감이 인물은 인물이야. 임금 없기에 망정이지 자칫하면 임금까지 내려올 뻔하지 않았나.

홀로 배에서 내린 이, 도승지 양명길이다. 우리에게 와서 우상 암살 모의를 고변한 강재의 주인, 세상이 다 아는 좌상의 심복.

그와 술청에서 한 시절 어울린 적 있다. 칼 쓰면서 만난 호적수. 피차 서른두셋이나 먹었나. 세상 바로잡고 우정 변치 말자고 피로 글 쓴 사람을 잊지는 않았으리.

그때는 자고 나면 술, 자고 나면 술이었다. 웬 술 그렇게 퍼먹었나. 술 취해 호형호제 한 적도 여러 번이었지. 술 끝에 반드시 여자 찾던 사람, 그것 하나 빼면 괜찮았던 사람.

지금이야 양승지, 벼슬 높고 고귀해도 그때는 한미한 벼슬 살며 신세와 시류 싸잡아 한탄했다. 이놈의 세상은 바뀌어도 그대로네. 위에 몇 놈만 갈리지 몸통은 예전 그대로야.

상투만 자른 거지. 자른 상투에서 머리카락 또 안 나나?

제아무리 어렵게 역모, 반정 일으켜서 천지개벽해봐야 몇 해 지나면 금방 도루묵이라고. 그 세상 그대로 또 오는 걸. 해먹을 놈 해먹고, 아첨 떠는 놈 아첨 떨고, 우리가 바라는 세상 따위는 영원히 오지 않는다고.

그러니 어떡해, 바라는 세상을 바꿔야지. 어차피 꿈꾸는 대로 되지 않을 바엔 꿈을 바꾸는 게 차라리 옳지 않은가?

그때는 나도 아는 이 소개로 잠깐 미관말직 얻어 양주에서 지낼 때, 자려고 누웠다가 간혹 뜨거운 것 치밀면 벌떡 벌떡 일어나 앉던 시절이었다. 그러고 보니 인복 있었네. 돌아보면 짬짬이 벼슬도 살고, 술도 실컷 처먹었구나.

어지럽고 고단한 내 인생에서 그래도 나를 지켜준 게 있었다면 칼이었다. 칼이 있어서 그래도 야생의 밑바닥까지 추락하지는 않았다. 자고로 칼 써서 부자 된 이도 없지만 굶어 죽은 이 있다는 말도 듣지 못했으니까.

칼마저 없었다면 난들 별수 있나. 속에 든 꿈 접고 덧없이 살았겠지. 살다가 정 못 살겠다 싶으면 끝까지 안 가고 잠깐 사이 손썼겠지.

죽어서 가는 세상 또 있을까.

어디에서 왔다면 어딘가로 또 가겠지. 여기서 돌출했다면 여기가 끝일 테고.

목숨이란 오고 가는 것일까, 생성소멸 하는 것일까. 갑자기 도학자 되었나, 혼자 피식 웃는다. 그때 알던 양종사, 그 뜨거운 피 식히려고 좌상 밑에 들어가 재산 불리고 처첩 늘리며 사시는가.

반가운 마음에 인사라도 나누려 했던 게 잘못이었다.

"오랜만에 뵙습니다."

길 가로막고 웃는데 상대는 눈꼬리 매섭게 치켜뜬다.

"뉘신가?"

"예전 양주에서 알던 나를 모르시겠소?"

"양주?"

다시 눈꼬리 매섭다. 아래위로 사람 훑는 것도 전에는 없던 버릇, 이 작자도 그새 내용물이 달라져 구린내 나는구나.

우리 대감 별로 좋은 사람 아닙니다. 강재가 그랬다.

본래 윗사람한테 아부하는 놈이 아랫사람 부릴 땐 선불 맞은 범처럼 굴지요.

"어딜 가로막느냐? 냉큼 비켜라, 이놈!"

뭐야, 이놈?

이미 처신과 소문으로 보여줄 거 다 보여준 사람, 액땜이나 하자고 나섰다가 예상대로 역시 봉변 제대로 당한다. 액땜을 하긴 하는군. 그렇게 마음 달래야지. 이쯤이면 액땜으론 충분하겠지?

그러나 왠지 씁쓸하다. 괜히 마음 상한다.

어려운 시절 함께 겪고 뒤에 데면데면해지는 일, 흔하고 흔하지.

살아보면 동고동락同苦同樂이 말처럼 쉽지 않다. 동고同苦할 이, 동락同樂할 이 따로 있던가. 고단한 시절 어서 잊어서 지우고 싶은데, 알던 사람 만나 새록새록 떠올리면 좋을 게 없지. 그래 내가 이해하마. 한때 세월 나눈 옛정 돌이켜서.

봉변 오지게 당하고 국에 젖은 축축한 바지 말리려고 걷

는다. 윗옷은 찢어지고 바지는 젖었다. 재미삼아 점이나 쳐
봐야지.

점괘 보려고 솔가지 찾아 두리번거린다. 솔가지는 상갓
집 행랑채에 흔하더라. 무심코 가던 길, 모퉁이 돌 때 갑자
기 나타난 여인, 그 사람 한때 나의 소녀, 그만 정면으로 딱
마주친다.

졸지에 가슴이 벌렁대고 얼굴 벌겋게 달아오른다.

소녀 눈빛 그대로 나를 본다.

눈매만은 정말 하나도 변치 않았구려.

그 변치 않은 눈 속에 내 사랑하던 소녀도 변함없이 잘
있는지, 조금 더 깊이 들여다보려고 나도 몰래 얼굴 가져가
는데 소녀 무심히 고개 돌린다.

"용순아, 어서 바구니 들고 오너라!"

고함치는 정동마님 뒤로 계집종이 밤 따는 장대와 바구
니를 든 채 종종걸음으로 달려온다.

"장선달, 어제는 어디서 주무셨소?"

"헛간에서 잤습니다."

"왜, 안채에서 주무시지 않고?"

"헛간이 편해서요. 우리 같은 사람 금침 깔고 자면 병이 납니다."

"에이 이 사람, 그럴 리 있나. 나한테는 여기서 장선달이 제일 귀하고 큰손님이오. 단연 첫 번째 진객이지. 내 마음 알지요? 헛헛헛."

주위에 듣는 이 아무도 없다. 그래서 그런 살뜰한 말 하는가.

"양종사, 아니 양승지는 만나셨나요?"

"아무렴, 만났소."

"뭐라고 하던가요?"

"별말 없었지. 그냥 내 집 상사에 서북인들 덕 있고 너그러운 양 체면 세우려 내려온 거지. 뒤에선 칼날을 갈고 벼리더라도 앞에서는 예의범절 깍듯이 차리는 게 이 바닥 생리 아니오."

내별당 나와서 노치에게 묻는다.

"아까 양승지 들어오는 걸 봤는데 어딜 갔나?"

"검산 어른이 오늘 올라가신다고, 인사하러 바깥사랑에 가셨습니다."

검산은 유일하게 우상과 좌상 양쪽을 아우르는 인물이다.

옛날에 우상과 좌상이 모두 검산 밑에서 한솥밥을 먹었다.

갑자기 하늘에서 뚝 떨어진 적敵은 없다.

지금 자신을 노리는 적이 있다면 옛날의 벗이거나 한때 절친했던 자다. 꽃봉오리 만개하여 꽃잎 되고 여물면 씨앗 되듯이, 한 시절의 친분이 이리저리 얽히고설켜 증오도 되고 원한도 되지. 그걸 알면 함부로 사람 좋아하고 친해지기 어렵다. 나이 들수록 인간사 인연 가리는 까닭이거니. 내일 나를 괴롭힐 적을 미리 알고 싶은가. 지금 주변을 둘러보라.

홀로 대절배 타고 섬사람 주목받으며 나타난 자가 자객일 리 있으리. 사람이야 정떨어지고 구린내 나도 칼 쓰려고 온 자는 아니지 싶다. 이젠 자객 따위 걱정하지 않아도 되려나? 문득 맥 풀린다. 어차피 처음부터 잘못 읽고 들어온 길, 우상은 주군과 다른 생각 품고 있다. 따라서 이건 우상을 죽이거나 살리는 문제가 아니라 누가 우상과 손을 잡느냐가 관건이다. 적어도 이때까지는 그렇게 읽었다.

일진 사납고 운수불길한 날, 일찌감치 쉬려고 헛간을 찾는다. 이런 날은 몸도 까닭 없이 무겁다. 검산처럼 나도 그냥 한양으로 돌아갈까.

자객 따위는 없었나이다. 강재의 말이 거짓이라기보다

는 그도 필시 속은 것일 테지요.

그것 봐라. 내가 뭐라더냐?

주군은 처음부터 강재를 믿지 않았다.

주군이 옳고 내가 틀린 것일까. 역시 나는 열세 살이나 어린 젊은 주군보다 세상을 더 모르는 걸까. 나는 강재를 무엇 때문에 처음부터 신뢰했을까.

강재에게서 옛날 내 모습 보았지. 세상을 책에서 배운 자, 글만 읽고 골방에서 머리 굴리며 살아온 자, 아직도 정의를 믿는 자, 자신이 옳은 편에 서면 세상 전체가 옳게 변하리라 여기는 자.

술 원 없이 사주면서 물었다. 왜 하필 수령군이냐고.

소매가 그랬습니다. 수령군 나리가 제일 희다고.

순진하게도 이들은 세상을 흑과 백으로만 본다. 흑 안에 백 있고, 백 안에 흑 있음을 모른다. 사람도 그렇지 않은가. 옳은 사람 안에도 그른 것 있고, 그른 사람 안에도 옳은 것 있다. 그 사람들이 어우러져서 만드는 게 세상인데 다 옳거나 다 그를 리 있으리.

말하는 강재 눈빛, 이글이글 불탄다. 볼은 분홍빛으로 발그레하다. 믿었다면 그걸 믿었다. 그런 주제로 여인을 알고 사랑을 알았으니 오죽이나 그 사랑 지키고 싶었을까.

사랑하는가?

조용히 물었더니 말없이 눈물 뚝뚝 떨구었다. 옛날 소녀와 길 가다가 산골에서 만나 하룻밤 신세 진 집 아낙네, 우리에게 사랑하느냐고 묻고 깔깔깔 하늘 보며 웃었지.

세상이 얼마나 저희들 것 같을까. 에구, 철없지만 아름답다. 저런 시절 살고 나면 세상 나온 보람 있지. 낳기는 부모가 낳아도 사람 만드는 건 사랑이거든.

강재, 그래서 의심하지 않았는데, 헷갈린다.

내가 뭘 잘못 읽었나.

조금만 더 두고 보자.

추운데 등줄기와 겨드랑이에 식은땀 흥건하다. 저녁에 쳐본 솔가지 점괘엔 옮아가지 않으면 죽는 수 나왔다. 이사하면 대길, 고요한 물결 따라 배 흐르지만 그 안에서 끔찍한 일 맞이하는 격이랄까. 피하면 상수, 가만있으면 일시적으로 부는 강풍에 쏟아지는 급살急煞을 그대로 다 맞는다고. 옮기면 어디로 옮기지? 그러면서 스르르 잠이 들었던가.

문득 몸을 스치는 찬바람에 소스라쳐 일어난다. 본능적

으로 상체를 돌리고 엉덩이를 비틀며 다리로 허공을 걷어 찬다. 무언가가 발등에 강렬히 닿는 느낌, 동시에 잠깐 어깻죽지가 시원하다가 곧바로 날카로운 통증이 밀려온다.

칼은 여러 번 맞았다.

칼 배우면서 칼 안 맞는 자 없다. 글 배우면서 손에 먹물 안 묻히는 자 없듯이.

"누구냐?"

어둠에 대고 묻는다. 대답은 없고 거친 숨소리만 들린다. 숨소리가 하나다. 눈을 뜨는 순간 급히 피하느라고 옆에 둔 칼을 못 챙긴 게 한이다. 게다가 칼 맞은 오른쪽, 팔이 덜렁 덜렁 말을 안 듣는다. 큰일 났구나, 신경이 안에서 끊어진 모양이다.

사방 두리번거릴 때 급하고 세찬 기운이 확 밀려온다.

이럴 땐 본능에 맡겨야 산다. 허리 굽혔다가 공중제비 넘는다. 칼끝이 아슬아슬하게 머리끝을 스친다. 바닥에 뒹굴던 나무 조각 하나 발끝으로 차올려 그대로 날린다.

퍽, 둔탁한 소리에 사람 숨소리 섞인다.

"웬 놈이냐니까!"

필검을 쓰려면 먼저 상대의 마음부터 읽어라.

한번 떠났다가 다시 입문한 뒤에 정규 스승은 오랫동안 진짜 칼을 주지 않았다. 목검도 3년은 가르치고 나서야 겨우 허락했다. 마음 읽는 법이 정말 어렵다. 나중에 칼 쓰는 건 오히려 쉬웠지.

야밤에 날 치러온 자 있다면 그 마음은 불이다. 화급火急이다. 타는 불에 급한 마음 섞는다. 화급은 바를 정正자로 잡는다. 필검의 교본이다. 허공에 몸 날려 정자 글씨 쓰려고 양발에 힘 모아 가지런히 놓는다. 들숨 깊숙이 마시며 마음 가라앉히는데 칼 맞은 곳에 피 흘러 옷소매 끝에서 뚝뚝 떨어진다. 움직임 따라서 혈서 한 번 멋들어지게 나오겠네. 기술 제대로 들어가면 훗날 창고 바닥에서 필검의 진수 보겠네그려.

이얍!

기합과 함께 허공 박차고 뛰어오른다. 칼만 들었다면 그 무엇이 겁나리. 한데 그 생각 너무 깊었나. 칼 없이도 얼마든지 검법 쓸 수 있는데 칼 없다는 사실에 지나치게 집착해서 그만 도를 잃는다. 칼 대신 들 수 있는 헛간 구석의 쇠스랑 떠올리고 그쪽으로 몸 비튼 게 실수다.

필검의 생명은 민첩성과 정확성이다. 잠시라도 딴생각

을 품으면 위력이 절반으로 꺾인다. 화火자 검법을 떠올리고 사람 인人자에 몸을 날려 양쪽으로 점을 찍었다면 끝까지 팔과 다리를 그에 맞춰 내려놓아야 힘이 실린다.

실전에서 실수는 그대로 죽음이다.

그 짧은 순간 만감 교차한다. 실수다, 느끼면서 끝이구나, 깨닫는다.

상대가 빈틈없는 자라면 그걸로 나의 천하는 끝이 났어야 했다. 당연히 그러리라 예상도 하고 각오도 했다. 순간 무언가가 등을 스친다. 이번에도 역시 시원한 느낌 먼저 오고 곧바로 통증 엄습한다. 다행히 통증의 깊이는 그다지 깊지 않다.

일진 사납고 운수불길한 날엔 싸움도 어렵다. 하필 그 순간에 쇠스랑은 왜 떠올렸나.

헛간 박차고 바깥으로 몸 날린다. 어서 몸부터 피하자. 칼 없이 버티다가 개죽음당할 수도 있겠구나. 죽은 목숨 살아났으니 길운으로 바뀐 것이지. 불운은 이제 여기서 끝난 것이다.

문 박차고 나오면서 발에 걸린 판자 하나 다시 차올려 날린 게 상대에게 가서 그대로 명중한다. 등 뒤로 짧은 비명 들으며 야산으로 질주한다.

달은 어제보다 더 밝고 별도 총총하다.

어디로 가나?

잠깐 망설이다가 해윤사 떠올린다.

가자, 미륵산으로.

19

꿈결

나는 불효자다. 하늘에서 비 내린다. 엄청나게 세찬 폭우 쏟아진다.

그래, 너는 불효자다.

빗방울은 천상에서 쏟아붓는 수천 개의 독화살이 되어 고통스럽게 내 살을 뚫는다.

어머니 등에 업고 미륵산 오른다. 가을인데 매화꽃 흐드러졌으니 필시 생시는 아니다.

아름답구나, 애야.

어머니는 등에 업힌 채로 가만히 손뼉을 치신다. 새삼 가슴이 미어지고 자책과 비애가 몸을 적신다.

해윤사 담장 돌아가며 만개한 매화꽃 비에 젖는다. 그때

어머니가 갑자기 정신이 되돌아오는지 내려달라며 다리를 편다. 사찰 경내에 들어온 뒤부터 어머니는 눈빛이 완연히 달라졌다. 얼굴과 눈망울에 초롱꽃 같은 생기가 감돌고 표정이 아기처럼 환하다.

정신이 돌아온 것일까?

노망이 나도 가끔은 본정신이 돌아온다. 그래서 더 슬플 때 있지만 지금은 아니다.

얘야, 태갑아.

어머니 내 이름 부른다. 전에 나를 알아보지 못할 때는 여보, 장씨, 도둑놈, 영감, 별별 호칭 다 나왔지. 생시 아닐 텐데 매화꽃 향기 경내에 진동한다.

곱구나, 얘야. 어쩌면 이리도 아름다울까.

봄꽃 하나 따서 들고 만개한 표정으로 어머니가 웃는다. 꽃도 웃는다. 어머니가 먼저 웃었는지 꽃이 먼저 웃었는지 모른다. 대웅전 앞으로 병아리 떼처럼 노란 봄볕 아른거리고 불전에 피운 향내 꽃향기에 섞여 천지에 진동한다.

등 하나 다시지요.

법당 바로 아래에서 승복 차림의 여인이 권한다.

등을 달면 어머니 병환이 나을까요?

쓸데없는 우문 떠올리는 사이에 어머니가 슬그머니 내 팔을 잡아당긴다.

함부로 돈 쓰지 마라.

아, 정말 돌아오셨구나! 본정신이 돌아왔구나!

그제야 나는 다급하게 어머니에게 묻는다.

내가 누구요? 어머니 이름이 뭐요? 아버지를 어떻게 만났소? 어디를 가고 싶고 무엇을 하고 싶소?

어느 해 난리에 피난 가다가 네 아버지를 만나 잠깐 절에서 모셨지. 그때 네 아버지는 나라님 다음으로 높은 분이었단다.

새빨간 거짓말이다. 그래야 스스로 귀한 줄 알 테니까. 하지만 어머니의 기억만큼은 오롯이 돌아와 있다. 그 거짓말을 기억해 내다니!

산신각을 거쳐 제법 먼 길인 홍련암, 백련암을 돌아서 나올 때까지 어머니는 내내 웃었다. 모처럼 되찾은 기억과 화사한 꽃향기 속에서 그럴 수 없이 행복해했다.

필시 그 또한 부처님의 은혜였으리.

나는 어머니를 명부전 돌층계에 앉혀두고 혼자 다시 본당으로 뛰어갔다.

등 하나 달아주오.

나는 주머니를 뒤적여 번쩍거리는 금붙이 하나를 내밀고 어머니와 내 이름을 썼다.

어디에 달까요?

여인이 묻는다.

아무 데나 달아주시오.

명부전에 달까요, 용 바위에 달까요?

문득 소름 끼친다. 명부전은 죽은 혼백 모시는 집, 용 바위는 미륵산 꼭대기다.

깜짝 놀라 바라보는데 여인의 표정이 무섭게 일그러진다. 인자한 관음보살이 사천왕처럼 돌변한다.

아, 그렇구나!

다시 불효를 질타하는 수천 개의 빗방울이 하늘에서 독화살처럼 떨어진다.

어머니 죄송해요. 가시는 마지막 길 배웅하지 못해서.

아프게 비 맞으며 뜨거운 눈물 하염없이 흘린다.

다시 만날 수 있을까요?

설마 이게 끝은 아니겠죠?

아름답구나, 얘야.

화사한 꽃그늘 아래 해맑게 웃던 어머니를 다시 여읜다. 모든 게 피안 너머로 흔적도 없이 사라진다. 어머니! 애타게 부른다. 어머니! 더 크게 부른다.

"정신이 돌아오셨군요."

누군가가 가만히 손을 잡아준다. 잠깐 고개를 들고 두리번거리다가 다시 눕는다.

어디에서 정신을 잃었던가.

"피 너무 많이 흘리셨어요."

살아난 나를 보고 사미가 싱긋 웃는다.

깨어보니 꿈인가? 그렇다면 아직 기회는 있다.

노사의 말씀, 형형한 그 눈빛 제일 먼저 떠오른다.

누운 채 찬찬히 살펴보니 그 방은 전에 내 방이다. 바로 그 방 벽에 기댄 채로 소녀 하염없이 울었다. 슬퍼서 우는 눈물은 또 왜 그리 달았을까.

하지만 다 그림이다. 이것도 그림, 저것도 그림이다.

지금 눈에 보이는 것들도 모두가 그림이다. 이 방도, 저 벽도, 눈빛 맑은 사미도, 누워있는 나도.

천상천하 모든 것이 그림이며 헛것이다. 한순간에 비쳤

다가 이내 사라지고 마는 것. 꿈에서 본 어머니처럼, 부서지는 것, 떠나가는 것. 일체가 다 흘러가고 변형되고 지나가는 것. 가고 나면 그뿐이다. 고통도, 사랑도, 미움도, 그 어떤 아름답거나 추한 것들도.

그러니 절대로 빠지지 말자. 고통스러워하지 말자. 지나가기를 기다리자. 지나가면 그뿐이다. 수없이 나를 달래면서, 달래고 또 경계하면서도 걸핏하면 잠깐 사이 나도 모르게 발이 빠진다. 순식간에 허상의 늪에 빠져 사지를 허우적거린다. 알면서도 번번이 속고, 무심해야지 하면서도 어느 틈에 마음 앓는다. 인생 참 쉽지 않지. 사는 것 참 무섭지. 끊임없이 헛것에 빠져 소리치며 깨어난다. 인생이 그렇고, 그게 인생이다.

그럴 때마다 노사 눈앞에서 카랑카랑한 목소리로 묻는다. 깨어보니 꿈인가? 헛헛, 또 그놈의 꿈을 꾸었던가?

해윤사 뒤엔 승천하지 못한 용 바위 전설이 있다. 절에 처음 왔을 때 누군가에게서 들었다. 저 바위 용 되려고 비바람 속에 서서 천년 세월을 인고해 어느 날 드디어 용의 형상을 갖추었는데 끝내 하늘로 날아가지 못한 것은 전생이 바위였기 때문이라고.

그 용 바위 전설 나와 비슷하다. 칼을 배운 뒤에 무장武
將이 되지 않고 남의 뒤나 봐주며 사는 것은 전생이 고결하
지 못했기 때문이리라.

"이것 좀 드세요."

사미가 무언가를 물에 개어 떠먹인다.

"뭐냐, 이게?"

"양귀빕니다."

해윤사 뒤란엔 온통 양귀비 밭, 초여름에 붉고 흰 꽃 한
가득 피지. 배 아플 때 먹는다고 익지 않은 열매 찔러 유즙
얼마나 받아냈던가.

"또 꿈을 꾸겠군. 물 좀 더 다오."

목 축이려 몸 비틀다가 아파서 멈춘다. 어깻죽지는 면천
으로 감싸놓았고, 등은 감잎 찧어서 잔뜩 발라놓았다.

사미야, 네 신세 톡톡히 지는구나.

"처사님, 칼 쓰시는 무인이시죠?"

사미가 사발에 물 떠다 들고 와서 입에 조금씩 흘려준다.

"제가 사람 보는 눈이 있어서 한눈에 척 알아봤죠. 정말
멋져요. 저한테 칼 좀 가르쳐주세요."

절로 웃음 나온다.

"사미십계 지켜야지. 살생하지 말라는 첫 계율부터 어길 참이냐?"

"배우는데 무슨 계율 어겨요? 단지 배우기만 하는데."

"도 닦는 중이 칼은 배워 뭣하게?"

"그냥 배워두게요."

"중이 칼 쓰면 검수지옥에 떨어진다. 검수지옥 아느냐?"

옛날에 은사스님 크게 진노하시며 나무랐지. 잎과 꽃, 가지와 열매가 모두 칼로 된 나무 숲에 떨어진단다.

"좋은 일에 쓰면 되죠?"

"칼 맞은 내 꼴을 보고도?"

"칼 잘 쓰면 얼마나 멋져요, 대장부가. 산길 가다가 도적놈 만나도 싱글벙글 웃으며 야, 너희 전부 다 이리로 와, 한꺼번에 단체로 요절박살 낼 수 있고요. 연약한 여자 신도, 처녀 신도 다 지켜줄 수도 있고요. 그럼 부처님도 얼마나 좋아하시겠어요?"

껄껄껄, 네 덕분에 내가 웃는다.

"나중에 일어나시면 꼭 칼 쓰는 검법 가르쳐주세요."

"알았다."

"정말입니다요?"

"그 전에 부탁 한 가지 들어주렴."

"말씀만 하세요."

"내 칼 좀 가져다 다오."

사미에게 우상네 헛간 일러준다.

"혹시 모르니 해 있을 때 승복 입고 가라."

"누가 물으면요?"

"칼 주인이 칼 찾는다고 하면 되지."

"냉큼 다녀올게요."

섬에 너무 많은 자가 들어와서 자객 찾아내기가 쉽지 않습니다. 시간이 조금 더 필요합니다. 하루 이틀만 더 지나가면 윤곽이 명백히 드러나리라고 봅니다.

지금까지는 복령군이 보낸 백화 서상필을 의심하고 있으나 살펴볼 점이 몇 가지 더 있나이다. 우상의 목숨을 노리는 자가 한둘이 아닌 것도 같습니다.

선왕 말년에 좌상 일파와 서로 결탁하여 백성의 고혈 빨아 뒷돈 대어준 자들까지 어른거리는 것을 보면 모종의 흉계가 따로 있는 듯도 하고, 그들이 뒤에 달고 온 팔도의 얼치기 검객들까지 더하여 도섬은 온통 장사진에 아수라장이라고 할 만합니다. 시간이 흐를수록 차츰 정리는 되겠지만 단불에 뛰어든 나방들이 너무 많아 어지럽습니다.

하오나 너무 염려하지 마소서. 신이 반드시 이 어지러운 상황을 정리하고 나가겠나이다.

누운 채로 천장에 종이 펼치고 눈에 먹물 찍어 주군상서 쓰다가 양귀비에 취해 떨어진다.

"처사님, 칼 가져왔어요."

비몽사몽간이다.

"어디 둘까요?"

"내 옆에 둬라."

"한 번 빼 봐도 돼요?"

"아서라, 다칠라."

"어이쿠, 선다님! 이게 어쩐 일입니까요!"

이번엔 노치구나. 하지만 역시 비몽사몽이다.

사미야, 양귀비 독하구나. 얼마나 썼느냐?

주군이시여, 일월성신이 임금의 것입니까? 땅과 볍씨,

바람과 물, 땅에서 나고 하늘에서 얻는 그 모든 것에는 따로 주인이 없습니다. 다만 밭을 갈아 땅을 일구는 수고로움과 그 수고로움의 대가가 있을 뿐이지요. 그런데도 평생을 밥 한 끼 굶지 않고 사는 이가 있고, 굶기를 밥 먹듯이 하는 이가 있다면 그것이 과연 옳은 세상입니까? 누구는 잘살고 누구는 못사는데, 그 정도와 편차가 천양지차라면 그 또한 옳은 세상입니까? 주군께서는 과연 어떤 세상을 꿈꾸시나이까?

해는 날마다 떠서 만물을 기르지만 그 누구의 것도 아닙니다. 구름 흐르고 바람 불어서 꽃 피고 새 울지만 이 드넓은 세상에서 내가 소유할 수 있는 것은 하나도 없습니다.

올 때와 마찬가지로 갈 때 역시 티끌 하나 가져가지 못하는 것이 여기, 이승이옵니다.

그걸 가르치려고 날마다 해는 뜨고 구름과 바람은 흐릅니다. 그 무욕계의 단순한 진리 깨달으라고, 여법한 틀 속에 사람 인생 집어넣고 날마다 똑같은 모습 보여주면서 삼백예순 날, 삼천육백 날, 삼만 육천 날 반복해서 가르치고 또 가르칩니다. 그런데도 머리 허옇게 셀 때까지, 시시각각 죽음이 닥쳐올 때까지, 그리하여 마침내 여기 이곳을 떠나는 순간까지도 끝내 깨닫지 못하는 수많은 인생들, 오히려 늙어갈수록 더 탐욕스러운 자들, 한 치도 마음 비우지 못하는 자들로 세상은 가득합니다. 그들의 영혼에 무슨 자비와 축복이 있으리까. 한세상 살고 가는 것이 되레 타락이요, 허물이면 인생 칠팔십이 무슨 가치와 보람이 있으리까.

　쓰다만 주군상서 비몽사몽간에 이어서 쓴다.
　꿈에서도 화두 놓지 않고 들고 있으면 달리는 말 잔등에 올라탄 게라. 오도의 세계로 치달리는 말 잔등! 부디 몽매일여蒙昧一如의 경지만 열어라. 어느 날 눈 떠보면 부처가 네 앞에 떡하니 나타나서 어린애처럼 티 없이 활짝 웃고 계실 테니!

　화두 대신 주군상서 꿈에 쓰는 까닭은 주군의 치세를 아름답게 만들려는 충정입니다. 그 일념 하나밖에 신에게 무엇이 더 있으리까.
　세종대왕 같은 임금이 아니라, 당태종 같고 요순 같은 임금이 아니라, 아무개 또 아무개 같은 임금이 아니라 천하에 단 한 사람, 세상에서 가장 빛나는 유일한 임금 되소서.

아직 천하가 생기고 한 번도 내지 못한 사람, 그 어떤 성군도 현군도 가지 못하고 이르지 못한 전인미답의 성지에 마침내 홀로 우뚝 서는 우리 주군이 되소서.

삼라만상 억조창생이 억만년을 기다려온 그 영웅, 그 신령스러운 신인이 바로 주군임을 한순간도 잊지 마소서!

아름답구나, 애야.

어머니 양귀비꽃 손에 가득 들고 내 앞에서 활짝 웃는다. 어머니, 부르며 다가서는데 얼굴 천천히 소녀로 바뀐다. 소녀, 양귀비 꽃바구니 들고 수줍게 얼굴 붉힌다.

오랜만이네요, 스님.

저를 알아보셨나요.

그럼요, 한눈에 알아뵀었지요.

눈매 여전히 고우십니다.

곱긴요. 날짜 많이 흐른 걸요.

아름다워라, 웃는 소녀 얼굴 몇 년 만에 다시 보는가.

나는 턱없이 늙어버린 사내 속에 숨어서 정동마님 속에 숨어 있을 소녀 찾는다. 늙은 사내는 무심한데 나는 자꾸 조바심이 일고 애가 탄다.

푸른 새벽길 걸어서 가면 지금도 만나는 꿈 가끔 꾸지요.

그러신가요.

금생은 일체가 유한입니다.

한이 있으면 안 되지요. 한은 풀고 가야지요.

스님은 좋으셨나요?

소녀가 눈 동그랗게 뜨고 묻는다.

천지에 벚꽃 흔할 때, 한꺼번에 피어났다가 한꺼번에 떨어지는 허망한 벚꽃 잎 보며 혼자 깨달은 것 있었다. 일시에 추락하는 서투른 욕망이여. 사월에 사랑을 알면 얼마나 알았으리.

말없이 고개 끄덕인다.

네. 저는 좋았습니다.

저보다 잘 사셨네요.

토라지는가, 소녀. 새초롬한 표정 지으며 고개 돌린다. 옛날 벚꽃 흔하던 사월 그때처럼.

"좀 어떠시니?"

"주무시기만 합니다."

말소리에 잠이 깬다.

"오늘은 손님이 연거푸 오시네."

"어떤 손님 또 왔었니?"

"비단옷 입은 대갓집 마님 오셔서 법당과 이 방에 잠깐씩 앉았다가 가셨지요."

"무슨 말씀은 없었니?"

"네. 아무 말씀 없었어요."

잰 발소리 끝에 세차게 문이 열린다.

"살인이 났습니다요, 선다님!"

눈을 뜨기 전에 오른손부터 가만히 쥐어본다.

"선다님, 정신 들었으면 어서 내려갑시다!"

다행히 감각이 조금 살아난다. 아직 찌릿찌릿하고 끈끈하지만 안에서 끊어졌던 무언가가 자라나서 붙은 모양이다.

"누가 죽었나?"

"임상달 나리가 그만 끔찍한 참변을 당했습니다."

사지를 점검하며 일어나 앉는다. 의외의 인물인가. 아니다. 그럴 만한 자가 죽은 것이다.

"임우신이?"

그렇다면 우상은 오른팔을 잃었겠구나.

"우리 나리께서 지금 길길이 뛰십니다."

길길이 뛸 만하지. 세상이 다 아는 오른팔 임상달, 엊그제 여기 내려오던 날만 해도 제 부모 잃은 상제들처럼 앞장서서 손님 맞고 하인 부리던걸.

"가보자."

며칠만인가. 일어나서 칼 챙긴다.

사미가 가져다가 옆에 고이 모셔둔 칼, 들어보니 괜찮다. 왼손 멀쩡하니 오른손은 그만큼만 돌아와도 칼 쓰는 데 지장 없겠다.

"사미야, 고맙구나. 네 은혜 잊지 않으마."

"일 다 끝내시면 오셔서 칼 가르쳐주고 가셔야 해요?"

"부처님 허락하시면 그런 시간 있을 테지."

사미 한번 안아준다.

좋은 것도 싫은 것도 모두 내 안에 있지. 과거도 미래도 내 안에 있고. 내 안에 있지 않은 것은 아무것도 없는 무無자 하나. 바깥에 따로 무엇이 있나? 티끌 하난들 있던가? 저 산과 바위, 물과 구름, 달과 별, 세상 그 모든 것이 모조리 다 내 안에만 있는 것이라네.

그래도 절은 우리 같은 사람에겐 참 괜찮은 곳이야. 차별 없이 누구나 공평하게 도 닦을 수 있으니. 부디 달아나

지 말고 성불하시게. 자네 안에 있는 그 모든 삼라만상 말
끔히 다 비우면 그게 곧 성불이거든.

11

살
인

"다리 왜 그리 저는가?"

"어휴, 말씀도 마십쇼. 선다님 안 계시는 동안에 제가 얼마나 바빴는지 아십니까? 손님 밀어닥쳐 궁둥이 잠시도 붙일 새가 없었답니다."

"천천히 오게 그럼."

노치보다 먼저 상가에 이른다.

임우신은 행랑채 마당에서 등에 칼을 맞고 죽었다. 조객 가장 붐비는 곳.

운이 좋았던가, 범인이 대담했던가.

덮어놓은 거적 들치고 시신 살핀다. 발견했을 때 그대로, 손끝 하나 대지 않았단다. 고인은 엎드린 자세로 양팔을 벌리고 땅을 움켜쥔 채로 절명했다. 고통스러웠다는 증거다. 칼은 오른쪽 목에서 대각선으로 등을 지나갔다. 전형적인 오른손잡이 솜씨다. 숨통을 끊은 건 정확히 폐부를 찔러서 깊이 낸 상처, 자리는 그곳이 맞는데 상흔이 깔끔하지 못하고 지저분하다. 두세 번 찔렀다는 말이다. 오묘하다. 전문가인 듯도 하고 아닌 것도 같다.

"세상에 이런 흉사가 또 있으려나."

우상이 크게 한탄한다.

"어쩌자고 내 집에서 이런 참변 일어났나."

그가 낙심천만한 표정으로 나를 맞이한다.

"들으니 장선달도 잠자다가 칼 맞았다며?"

"이젠 괜찮습니다."

"허, 당최 이게 다 무슨 일이오?"

"그러게 말입니다."

"조선 인심이 언제부터 이래 상스럽고 박해졌나. 부모 잃은 사람 집에서 칼부림에 살인이라니!"

우상 주변으로 이름난 조객들 침통하게 앉아 한숨 푹푹 쉰다. 그 중에 도승지 양명길이도 있다. 양명길이 없었다면 서북인의 소행으로 단정해서 설왕설래할 터인데 말문 막혀 서로 눈치만 살핀다.

"불문곡직 이제부턴 장선달 신세를 좀 져야겠소."

우상이 말한다.

"내 옆에서 숙식하며 나를 좀 지켜주오."

그건 처음부터 한 약속, 그래서 내가 여기까지 오지 않았던가.

"수령군께서 처음 내 신변을 걱정하시며 장선달을 내려보냈을 때만 해도 반신반의한 게 사실이오마는 일이 이렇게 되고 보니 새삼 수령군의 혜안과 심모원려에 고개가 숙어지오."

우상 말씀 도중에 양명길이가 유독 자꾸 나를 살핀다.

사람들은 대개 한 치 앞을 내다보지 못하지. 오늘 이것이 전부이며, 영원히 이 상태가 지속될 줄 안다. 그래서 윗사람에게 굽실거리고 아랫사람은 함부로 대한다. 하지만 하루해에도 만물이 자라서 구도가 변하고 음양이 바뀐다. 윗사람은 죽고 아랫사람은 전혀 다른 장소에서 전혀 다른 모습으로 나타나기도 한다. 후회할 때는 이미 늦다. 후회란 게 본래 뒤늦었다는 것을 뜻하는 말이거든.

"여긴 수령군 분신이나 진배없는 장선달인데 아직 모르

는 분들은 서로 인사하오."

절반은 앞서 본 사람, 나머지 절반쯤은 내가 해윤사에서 정신 잃고 있을 때 새로 온 사람들이다. 다들 일어나 정중히 인사 건넨다. 그 틈에서 양명길이도 함박꽃처럼 웃는다.

"아이고 장종사!"

사람들 다 쳐다본다.

"서로 구면인가요?"

우상도 한마디 보탠다.

"우리 장선달, 보기보단 발이 넓으시군."

"결례를 용서하오. 요즘 자꾸 깜빡깜빡, 사람이 이상해졌소."

엊그제 이놈 저놈 호통 치던 그가 양손 붙잡고 아래위로 흔든다.

"아무려면 장종사를 몰랐겠소? 딴사람과 그만 착각을 했지! 나중에 곰곰 되짚어보니 큰 실수를 했더라고!"

손 붙잡고 나도 웃는다.

"안으서는 그대로 잘 계시지요?"

"그럼요. 한양 가거든 일간 집에서 한번 모시리다."

양명길이 마누라, 한창 술로 어울릴 적에 양주 길에서

주웠다. 돈 주고 산 향반의 딸, 본래는 평민이라는 소문 짜했다. 인물 워낙 고와서 그때는 개차반의 딸입네, 관찰 아들 정도령이 끼고 살던 헌계집입네, 골목길에 흐르던 말 하나도 귀에 들어오지 않았다.

둘이 갓 정분 나서 눈 맞아 싱글벙글 웃고 지낼 때, 나도 덩달아서 아침마다 해장국깨나 얻어먹었지. 인물 고운 처자가 음식 솜씨까지 좋아 찬이든 국이든 손만 닿으면 한 맛이 더 났으니까.

그때 참 좋았지. 원 없이 세상 욕하며 술 얼마나 먹었나. 가난해도 마음 넉넉했지. 파전 한 장에 자반고등어 한 토막이면 술 한 말 비웠던가. 혈기 패기 다 있었고. 십 리를 걸어가서 술을 먹어도 다리 아픈 줄 몰랐지. 과거 있는 사람, 허물 있는 사람 안 따지고 어울렸고. 한데 양승지, 자네 책사 강재가 이번에 그러더군. 좌상 밑에서 벼슬 살며 간교한 꾀 많이 내어 무고한 사람 수도 없이 해쳤다고. 그 덕택에 승지 벼슬 얻어서 사니 좋으신가.

입성 신수는 꽤나 번지르르하네만 예전보다 상이 안 좋군. 눈매에 음기 살기 가득해. 옛날에 우리 노사 보았다면 기겁하며 냉큼 돌아앉았겠군. 지옥상이다, 지옥상. 저런 상

따라가면 지름길로 지옥간데이.

점심때 나룻배 타고 장성 부사와 내포 현감, 검시관과 오작이 줄지어 들어온다.

상주와 고인, 조객들이 원체 고관대작들이라 관수들도 검시관도 마냥 조심스럽다. 일체를 사전에 물어서 허락받아 행한다. 앞을 한 번 살펴봐도 되는지요. 옷을 잠시 벗겨도 되는지요. 상처의 깊이와 넓이를 재어 봐도 되는지요. 매사 그런 식이다.

꼼짝없이 우상 곁을 지킨다. 반 보쯤 사이를 두고.

수령군을 수행하며 늘 해온 일, 특별히 어렵거나 까다롭지 않다.

조객들은 전부 바깥사랑과 행랑채에 나뉘어서 비명에 간 임우신을 추모하고 자객을 걱정한다. 이럴수록 우리가 단결하고 합심해서 우상 어른을 지켜내야지. 결의 또한 새파랗고 매섭다.

짝을 잃은 박봉익이는 술에 취해 울고, 그 곁을 최학준이와 새로 들어온 참판 손남수가 지키며 위로한다. 우신아, 걱정 말아라. 네 원수 내가 갚아주마. 박봉익이 서럽게 울다가 갑자기 벌떡 일어나 양명길이 멱살 잡는다.

"명길이 이놈아, 네놈 수작이지? 네놈이 내 아우 죽였지?"

여러 사람 달려들어 뜯어말린다.

"에라이 이놈아, 상달이 칼 맞았을 시간에 내가 누구랑 있었니? 너랑 있었다, 너랑!"

"그럼 누가 우리 우신이 죽였어?"

"그걸 왜 나한테 물어?"

혐의 짙은 백화 서상필이 저녁나절에 배 타고 혼자 뭍으로 나간단다.

저 양반은 자꾸 어딜 저래 들락거리나? 노치 불러 물어보니 저도 모른다.

그 사연을 한때 서백화와 친했던 남도명이한테서 듣는다.

"한양에서 동월이가 말 타고 내려와 내포 객관에 묵는다네."

"한양 천 리 길을 여자가 혼자 말을 타고 내려와요?"

"그게 아니라, 애당초 한양에서 내려올 때 둘이 작반해 와서 내포에 떼어놓고 혼자만 들어왔다지."

"허허, 참으로 애틋하고 눈물겹구려."

"우린 말짱 헛살았어. 자네나 나나 내세울 게 있어야지."

"그러게 말씀입니다."

자시 가까워서 사랑채고 행랑채고 말소리 잦아들다가 얼마 안 있어서 끊어진다.

"저기, 나리."

잠든 우상 가만히 흔들어서 깨운다.

"꼭 이렇게까지 해야겠소?"

"만사 불여튼튼입니다."

내키지 않아 하는 그를 안채로 데려가고 내별당엔 체격과 골격 유사한 막내아우를 대신 보낸다. 전에 내가 대삿갓 쓰고 앉아 중노릇하던 그 방에서 우상을 재우고 나도 벽에 기댄다. 문지방 너머엔 아들 둘과 사위가 잔다. 그 정도면 제아무리 귀신같은 자객이라도 쉽지 않겠지.

벽에 기댄 채로 칼 품고 졸다가 수상한 기척에 눈 번쩍 뜬다. 내별당 쪽에서 들려온 인기척이다. 내가 벌떡 일어나고 거의 동시에, 간발의 차이로 대청에서 잠자던 그 집 사위 일어난다.

"방금 무슨 소리 났지요?"

그가 묻는다.

아직 칼 맞은 상처 쓰리고 뻐근하다.

"가봅시다."

앞서거니 뒤서거니 내별당으로 달려간다.

작은 소문 발로 밀고 내별당 전경 보는 순간 사고구나, 직감한다. 방문 활짝 열렸고 쓰러진 창호와 문짝은 문틀에 비스듬히 걸려있다. 박살 난 문살에 보름 달빛 내리꽂힌다. 정말 대담한 놈이다, 이 밝은 보름달 아래에서 살인을 하려 들다니!

나보다 먼저 안으로 달려 들어간 사위가 손에 피 흥건히 묻혀서 나온다.

"이미 절명하셨소."

그 말 듣고 곧장 지붕 위로 뛰어오른다.

아직 멀리 달아나진 못했을 것이다. 지붕 밟고 다니며 사방 살핀다. 달이 밝았다가 구름에 들었다가를 되풀이한다. 이웃에서 컹컹 개 짖는다. 개 짖는 근처에서 바쁘게 발 소리도 들려온다.

성할 때만 같으면 충분히 쫓을 수 있는 거리지만 아쉽다. 비탈진 지붕 위를 내달리는 건 사지 멀쩡할 때도 까다롭고 위험한 일이다.

사랑채와 행랑채로 급히 달려가며 고함질러 사람들 깨

운다.

"또 살인이 났소! 살인이 났으니 다들 일어나시오!"

12

혼선

상갓집 조문객은 물론 뭍에서 몰려든 장사치들과 섬사
람들까지도 범인 잡을 때까지 섬에 발이 묶인다. 부친 상
중에 아끼던 심복 잃고 자신과 똑 닮은 막내아우까지 잃은
우상의 분노가 폭발한다. 당장 고을 수령들 불러다가 나루
터에서 상가까지 관졸 길게 늘여 세우고 출입통제와 범인
색출 지시한다.

"내 허락 없이 개미 새끼 한 마리 못 오고 못 간다."

이성 잃고 한동안 길길이 날뛰던 우상이 종일 굶은 끝에
저녁 반주로 술 몇 잔 거푸 마시고 곯아떨어졌다.

노치는 왜 나를 죽이려고 했을까.

틈틈이 이놈 거동 면밀히 주시한다.

칼을 배우면 본능적 감각이 남들보다 열 곱절 스무 곱절 되살아난다. 무예를 갈고 닦을수록 본능과 감각도 백동처럼 번뜩거린다. 그 번뜩이는 육감의 줄 위에 몸을 올려놓고 오로지 본능에 따라 칼은 춤춘다. 우리 한창 닦을 때는 기어가는 개미도 눈 감은 채로 베곤 했다. 그래서 예민한 칼잡이는 귀신도 본다는 말 생겨났겠지. 고수일수록 감각이 더 예민하고 본능에 더 충실하다. 역설하면 감각과 본능이 남들보다 더 뛰어나야 고수가 되는 것이다. 눈을 감고 집중하면 나뭇잎 하나 떨어지는 파문쯤은 얼마든지 직감하지. 검객이 날마다 벼리는 것은 칼날이 아니라 바로 그 날카로운 감각과 본능이다. 그래야 칼 한 자루에 온전히 몸을 싣지. 간발에 갈리는 생사, 칼날 따라 사는 목숨 오죽할 텐가.

그런데 노치야, 첫날 내 방에 잠깐 머물고 갔을 때 난 벌써 자네 냄새쯤은 알고 있었지. 내가 아는 필검 고수는 제 처한테서 외간남자 냄새 맡고 속세 떠나 중이 되었지. 세월 한참 흐른 나중에 바로 그 냄새 나는 사람 우연히 장터에서 만나 뒤따라갔더니 옛날 제 마누라 그 집에서 나왔다더군. 그런 거라네. 사람마다 냄새 다 다르지. 자네 같은 얼치기 무사는 잘 모르겠지만 얼굴을 복면으로 가려도 사람 알아보는 방법은 여러 가지라네.

해윤사 승방에서 그 냄새 맡고 눈을 떴네. 자네 말소리 들리기 직전에 말일세.

그래서 물었지, 다리 왜 저느냐고.

두 번씩이나 힘껏 걷어찬 판자에 맞았으니 부러지지 않았으면 다행일 걸세.

청계 이서가 노치 불러서 우상 알현 청한다.

"우상대감은 곯아떨어져서 사람 만날 형편이 아니올시다."

"이거 큰일 났군. 내일 첫배로 나가봐야 하는데. 전주 부윤하고 사냥 약속을 했거든. 부윤과 내가 한고향 사람이야. 그럼 어쩐다? 내일 식전에라도 좀 여쭤주게. 인정 야박하니 사냥 얘기는 빼고, 그냥 청계가 좀 뵙자한다고만 여쭤주게나."

주머니 뒤적거리더니 노치에게 무언가를 건넨다.

술 못하는 최학준이는 뒤에 들어온 손남수만 따라다닌다. 둘은 글만 읽은 선비들이다.

"판세가 어디로 기울 것 같습니까? 수령군이 임금이 돼야 우리가 편할 텐데. 복령으로 넘어가면 또 좌상과 서북인

세상 아닙니까?"

"그래도 만일을 모르니 좌상한테 밉보여 좋을 것 없겠지요. 제 집에 부리는 하인의 동서가 좌상 집에 종이랍니다. 그 연줄로 한번 찾아뵙겠다는 의사를 전했지요."

"그러니 뭐랍니까?"

"좋다고, 고개를 끄덕였답디다."

"잘하셨네요. 서북인도 따지고 보면 태생이 우리와 같지 않습니까. 종파에 앞서 한나라 백성이지요. 한조정의 신하고요."

"맞습니다. 불공대천 원수져서 서로 못 볼 사람도 있겠지만 아래로는 또 가교들이 놓여야 옳을 때 있답니다."

"저를 좀 데리고 같이 가시겠습니까?"

"어딜요?"

"좌상 뵈러 갈 적에요."

"그럴까요?"

"기별 한 번 주십시오."

이 사람들 대접하려고 하인들 술상, 밥상 받쳐 들고 어지러이 돌아다닌다.

임시로 국 끓이고 밥 짓는다고 마련한 장설간은 행랑채

마당에 있고, 사랑채와 안채 사이에도 고기 삶고 나물 무치는 정지와 정주간들이 있는데, 음식은 주문하는 대로 가까운 데서 나온다. 도섭 문중에서 부리는 하인과 별배들에 한양에서 데려간 구종들까지 합쳐 백 명 가까운 인원이 시중을 들어도 일손 모자랄 때 있어 아우성이다. 일문의 여인네와 여종들도 음식 담은 꽝주리 들고 다니면서 더 달라는 사람 있으면 채워주느라 바쁘다.

문중 하인과 별배들은 모두 노치가 부린다. 상의할 것 있으면 노치한테 하고, 노치 하명받아 일한다. 구종들도 자연히 노치한테 묻는다.

"이것 좀 드세요."

한 여인네 안채 정지에서 나오며 노치 입에 무언가를 황급히 넣어준다. 종부며느리 이씨李氏다. 아무리 가깝기로 종부가 집사 마름의 입에 직접 음식을 넣어주다니!

노치 한동안 우적우적 음식 씹으며 돌아다닌다.

"이보게, 성주사! 고기 좀 더 썰어오게. 술안주 다 떨어졌어."

"여기 밥은 언제 주나?"

"내포 원님이 데려온 구실아치가 일곱 명, 관졸이 모두 마흔다섯인데 어디서 먹이나?"

"아무 데나 앉으라고 하오."

"아무 데가 어디 있어야 말이지."

"아무 데가 없다니요?"

"여긴 맨 한양 조당인데. 어딜 가서 앉아도 대감 앞이야. 서로 불편하니 상을 따로 봐주오."

성주사 부르는 소리 한동안 뻔질나고 바쁘다.

안채 정지간이 잘 뵈는 곳 찾아서 앉은자리 살짝 옮긴다.

종손은 우상의 종질, 그때 소녀 괴롭히다가 칼 맞고 죽은 자의 맏이다. 우상을 하늘처럼 섬기는 그 아이는 서른에 가깝도록 혼처 못 구해서 애를 먹었다던가.

우리 종손이 말이 좀 둔해.

우상이 여럿 앞에서 지나가듯이 말한 적 있다.

선산 불나던 해에 나서 그런가, 행동도 좀 굼뜨고. 종부 구할 적에 애먹었지.

외포에서 열한 칸짜리 집 한 채 지어주고 데려온 종부는 향반 진사의 딸. 노치가 정지에 들어와 말아놓은 국밥 선 채로 먹고 나가면서 종부 엉덩이 슬쩍 쓰다듬는다.

햐, 저놈 좀 보게.

"이보쇼, 형씨."

달 훤할 무렵, 저녁 내내 절뚝거리며 내 시야를 맴돌던 노치가 한순간에 갑자기 자취를 감추었다. 여기저기 두리번거리며 찾아도 뵈지 않는다. 마침 종부도 사라졌다. 노치 찾으려 일어나서 마당을 거쳐 행랑채로 나가려는데 누군가가 건방지게 앞길을 가로막는다.

"형씨가 필검의 고수라는 그 장선달이오?"

"고수는 무슨."

서른 몇이나 될까. 눈빛은 재기와 총기로 가득 찼고, 기름지고 너부데데한 낯바닥엔 경계하면서도 깔보는 태도 역력하다. 나는 이런 놈이오. 제 속을 남한테 다 드러내고 사는 자, 칼은 배웠을지 몰라도 세상모르는 얼굴이다. 저 나이 때 우리도 저랬나? 양명길이와 어울릴 때가 아마 저 나이였지.

"필검은 소싯적에 나도 좀 배웠소."

조만행이와 김무용이 들어올 때 그 배에 껄렁한 무사 검객 네댓 명 따라왔다.

"해주 홍포졸을 아시지?"

알다마다. 그 홍포졸 덕택에 해주 수령 뒷배 노릇 했었지.

"홍포졸이 내 스승이오."

그러신가. 나는 홍포졸을 가르쳤네.

앞장서서 나불대는 이놈은 조만행의 수하일 게다. 주인 악명 떨칠 때 함께 유명세를 탄 자, 너부데데한 이놈과 홀쭉한 놈 양옆으로 차고 다니며 온갖 못된 짓 일삼는다지.

"그런데 내가 좀 바빠서."

사내를 밀치고 나가려는데 입가에 조롱하는 기색 가득 물고 닭싸움하듯 벼슬 세워 또 막는다.

"어허, 이 양반아! 사람이 지금 말을 하잖아?"

멍청한 놈 같으니! 발을 뻗으려면 먼저 누울 자리를 봐야지.

하긴 네 눈엔 그런 그림 안 보이겠지. 설령 여기서 네 숨통을 끊어버려도 나한테 죄를 물을 사람은 아무도 없단다. 조정 중신과 상제가 잇달아 참변을 당한 난장판에서 너 같은 시정잡배 하나 수상해서 뺐다고 한들 누가 무슨 말을 하랴.

"보소, 수령군 심복 나리!"

뒷전에서 술상 받고 앉아 희희낙락하던 조만행이가 큰 소리로 외친다.

"감히 청하거니 내가 데리고 있는 아이한테 한 수 제대로 가르쳐주오. 저 아이가 잘 배웠다면 상으로 이걸 드리리다!"

그가 손에 무언가를 들고 흔든다. 어울려 앉은 사람들이 모두 입이 떡 벌어지는 걸 보면 꽤 값나가는 물건 같다. 그들은 이미 다 취했다. 살인나고 출입 통제된 긴박한 상황에서도 앞에 술이 있으면 마시고 음식이 있으면 먹는다.

무릇 정사 다르던가.

평소엔 백성 위에 군림하며 온갖 호강 일삼다가 난리 나고 적 쳐들어오면 누구보다 먼저 살려고 내뺀다. 왜란 날 때도 보고 호란 날 때도 보았다. 반란, 반정 났을 때라고 다른 적 있었나. 백성 때려잡는 하나만 잘하지 나머지는 모두 도깨비, 허깨비다.

난리 나서 도망가는 것 당연하다면 평소에 피땀 흘려 모은 백성 재산 긁어다가 제 부모, 제 자식, 숱한 처첩들은 왜 먹여 살렸나. 흉년 살년에 질병 역병 횡행해도 앞에 술 있으면 마시고 음식 있으면 배불리 처먹는다. 양반 그렇고 부자 그렇다. 벼슬아치 공복들도 다를 바 없다. 백성이야 어디 안중에나 있던가.

소원이라면 간단히 하나 가르쳐주지. 팔 양옆으로 재빨

리 뻗었다가 목젖 양옆 급소 엄지손가락으로 짚어 누르고 그대로 필검 준비자세 취하며 명치 살짝 가격한다. 이 동작은 무인이 아니면 눈이 따라가지 못해 무얼 어떻게 했는지 모른다. 앞에 서서 까불던 놈, 말 한마디 못하고 모로 쓰러진다. 당연히 조만행이는 아무것도 보지 못했지.

"어? 쟤 왜 저래? 뚱뚱이 저놈 미쳤나? 저게 왜 저 혼자 벌렁 드러누워?"

뚱뚱이 단짝 홀쭉이 일어나서 내게 걸어온다. 벌써 주변엔 구경꾼들 제법 둘러앉았다. 심심한데 잘됐지. 오랜만에 좋은 구경났네. 불구경 다음이 싸움구경 아닌가. 여기저기서 쑥덕거린다.

가까이 다가온 홀쭉이, 한 발쯤 남겨놓고 갑자기 얍, 하며 대련 자세 취한다. 그 꼴 보니 웃음 절로 난다. 조만행이 불쌍하구나. 아무리 나쁜 놈 섬겨도 수하 노릇을 하려면 양심은 있어야지. 그 실력으로 돈 받고 남의 뒷배 하는가.

홀쭉이는 더 쉽다. 날아오는 주먹 몸 돌려 가볍게 피하며 팔꿈치로 옆구리 급소 가격한다. 살짝 건드렸는데 맥없이 뻗는다. 이놈들은 어디서 이런 무술 배웠나. 가만 보니 조만행이, 사람 쓰는데 돈 무척 아끼는구나.

"햐, 정말 신출귀몰하시오!"

조만행 옆에서 남도명이 박수친다.

처음엔 남도명을 의심했다. 그런데 조만행과 김무용을 도섬으로 끌어들인 장본인이 남도명이란 사실을 알고 의심을 깨끗이 거뒀다. 재물은 권력을 따라간다. 재물 끌어들이는 자는 권력에 기대고 싶은 게지 절대로 배신하지 않는다.

남도명이가 박수를 치자 조만행이도 마지못해 웃는다. 조만행이나 김무용 같은 자들에게 남도명은 권력자에 닿을 수 있는 유일한 끈, 내가 알기로 우상은 아직 이들을 만나주지조차 않았다.

"약속대로."

남도명의 말에 조만행이가 직접 일어나 내게로 온다.

"무례하게 굴었소. 용서하구려."

공손히 허리 숙여 인사하고 손에 든 꾸러미를 건넨다. 제법 묵직한 돈 꾸러미구나. 그때다. 뒷전에서 구경하던 김무용이가 돌연 벌떡 일어나 소리친다.

"여기 우리 애들도 한 수 가르쳐주오!"

그가 나를 향해 정중히 인사한다. 수령군 심복이라니 잘 보이려고 안달이 났다. 우상은 따로 만나주지도 않지, 살인

사건 나서 분위기는 험악하지, 나한테라도 눈도장을 찍어
놔야겠다고 판단한 모양이다. 그 정보 누가 주었으리. 남도
명이 나를 보고 싱긋이 웃는다.

"다음에 봅시다."

노치 찾으려고 그냥 가려는데 김무용이 뒤에서 누가 홀
쩍 뛰어나온다.

"장종사."

누가 나를 그렇게 부르나? 무심코 쳐다보다가 소스라치
게 놀란다.

이런 젠장, 아는 사람이다. 그런데 뜻밖의 장소에서 너무
갑작스럽게 나타나서 이름 금세 떠오르지 않는다.

"오랜만이외다."

저쪽에서 먼저 인사를 건넨다. 머릿속 갑자기 하얘진다.
한순간에 흔들리는 평상심.

"오, 오랜만이오."

무인에겐 감정 흔들리는 이런 순간 극히 위험하지. 아,
그를 이런 곳에서 만나다니!

"감히 한 수 청해보리다."

내가 당황한 것을 아는지 모르는지 그가 웃으며 다가온다.

무과에 최고 점수로 뽑혀 무관 벼슬 살다가 돌연 관직에서 물러나 김상궁의 사병장을 지낸 인물, 김상궁의 분신, 반정 직후 김상궁 사약 받을 때 세상에서 감쪽같이 사라진 자. 하지만 그런 것들보다 더 가까운 인연 나하고 있었지.

청천 살수 떠나며 내가 벤 여자의 집안사람, 그다지 가깝지는 않아도 가끔 인사하고 지냈지. 박천의 형방아전 내 장인이 5촌 당숙이었던가. 그제야 가까스로 이름 떠오른다. 조무열이다.

박별감과 서당 같이 다니던 친구였나. 장인 죽었을 때 상여도 맸다. 그날 밤새 나하고 무슨 얘기 나누며 오래도록 술 마셨던가.

"죄송하오나."

한 걸음 물러나며 정중히 부탁한다.

"지금은 맡은 일이 먼저니 나중에 봅시다."

받은 돈 도로 조만행이한테 던져주고 몸 날려 자리 피한다. 바삐 몇 걸음 달리며 보니 다행히 따라오지 않는다.

맞겨뤄보지는 않았지만 조무열이라면 실력 만만치 않으리라.

칼은 칼이 알고 글은 글이 안다.

제대로 칼 쓰는 자 세상에서 좀처럼 찾기 어렵다. 칼은 術(술)이 아니라 道(도)다. 검술은 하수, 검도가 맞다. 기술로 칼 배운 자는 도의 길 걷는 자를 당할 수 없다.

칼은 禪(선)이며 화두고 공안이다. 칼에 작은 절 들어 있다. 법당도 있고 경책도 있다. 닦아도 닦아도 끝없이 닦을 것 나온다. 칼은 삶의 방편, 도에 이르는 길, 그것 타고 인생이란 기나긴 강 건너지. 한평생 닦을 도는 칼에 다 들어 있다. 칼 한 자루면 부족함이 없지.

도는 흐르는 것, 세월 따라가며 깊이 더하는 것. 서른에 쓰는 칼 다르고 마흔에 쓰는 칼 다르다. 날카로웠다가 부드러워지고, 현란했다가 단순해진다.

변하지 않는 도란 없다. 불변은 도가 아니다.

노치 찾아내려고 온몸에 감각 모조리 일깨워서 곤두세운다.

같이 살던 여자, 지금 같으면 베지 않았을까.

그 여자 벤다고 죽은 어머니 살아오나.

이보게, 장선달. 칼이 묻는다.

정말로 그 여자, 어머니 때문에 벴던가?

나루터 가까워올수록 찰랑거리는 물소리, 해풍에 섞여

간간이 여자 웃음소리 들린다.

물론이지. 나는 장담한다. 아니면 왜 뺐으랴.

혹시 소녀 때문에 그런 짓 저지르지 않았나?

예끼, 큰일 날 소리!

오랜 세월 두고 칼이 하는 질문, 갈수록 뼈아프다.

물소리 따라가는데 자꾸만 가로막는 웃음소리, 절로 걸음 멈추고 한눈판다. 허수아비 관졸들은 있으나 마나. 밥 먹고 배부르니 삼삼오오 길에 널브러져 코 골며 잔다.

결국엔 자네, 소녀를 잊지 못해 저지른 일 아닌가?

아닐세. 아니야.

소녀 말끔히 잊었다면, 그래도 그런 짓 저질렀을까?

아니라고 몇 번을 말해야 알아듣겠나!

칼은 수시로 묻고 또 묻는다. 내가 스스로 깨닫고 인정할 때까지.

그리고 던진 최후의 일격. 소녀였어도 뺐을까 그럼?

거기서 말문 막힌다.

뼈아픈 질문, 과연 소녀였어도 뺐을까?

소녀라면 애당초 시어머니를 학대하지 않았겠지. 소녀는 그런 여자 아니었으니까. 몸과 마음 선녀처럼 아름답고 착했으니까.

처가에 나만큼 무던했던 이 또 있으리. 이 집 사위 잘 두었네. 처가에 누구와도 내 식구처럼 어울렸다. 장인 죽고 한때는 장모 외롭다고 처가살이도 했었지. 그러면 역지사지, 제 부모 귀하면 병든 시어머니 잘 모실 줄 알았다.

그랬었군.

그 대답은 한동안 효력이 있는 듯했다. 하지만 칼은 포기하지 않았다. 얼마 뒤 집요하게 다시 물었다.

정말 소녀였어도 뱄을까?

그때는 나도 피 끓는 나이, 한번 눈알 뒤집히면 아무것도 뵈지 않았다.

물론 그렇기도 하겠지. 그러나 비겁하군. 더 정확한 대답을 해봐.

같이 살던 여자를 벤 건 소녀를 잊지 못한 미련 때문이었지. 갈수록 그리움은 자라났겠지. 소녀라면 어땠을까? 이럴 때 소녀라면 과연 저랬을까? 마음속으로 끊임없이 갈등하며 비교했겠지. 소녀는 꿈에 그리는 이상, 같이 사는 여자는 척박한 현실. 이상은 갈수록 빛나고 그럴수록 현실은 불만투성이였겠지. 서로 맞지 않아서 괴로웠겠지. 그러다 어머니 돌아가시고 고향에 머물 이유 없어졌을 테지. 소녀 찾아 떠나고 싶은 마음, 눈만 감으면 반짝거리며 유혹하는 이상을 좇아서, 더 늦기 전에 한 번 더 자신을 불태우고 싶었지. 자네 그 오랜 꿈 펼치려는데 오직 한 사람, 여자가 발에 걸렸겠지. 방해되었겠지. 그래서 그런 끔찍한 짓 저질렀지. 아니 그런가, 장선달?

그래, 나는 나쁜 놈이었구나. 참 몹쓸 놈이었구나.

그 인연 비록 악연이었다고 해도 맺은 사람은 자네, 죄를 자네한테 묻지 그럼 누구에게 물을까? 그 여자 잘못 아무것도 없다. 모든 게 자네 잘못, 아, 나의 허물일 뿐이다.

"하룻밤 나랑 자고 새벽에 가요."

여자가 노치 품에 안겨 칭얼댄다. 근방에서 유일하게 불 켜놓은 집, 종부인가 싶어서 자세히 보니 종부는 아니다. 종부보다 나이 한참 위로 보인다.

"조금만 더 참아요. 이젠 실컷 같이 잘 텐데."

옷 주섬주섬 입고 노치 바깥으로 빠져나온다. 재빨리 어둠에 몸 숨기며 보니 열린 문틈으로 비치는 불빛에 여자 저고리 찾아서 걸치고 속곳 적삼 여민다. 얼굴 드러나는데 놀

랍게도 내게 국 쏟은 주막집 여자다. 그러고 보니 이 집은
뒤로 주막집과 맞붙어 있다. 가게에 붙은 살림집인 셈이다.

"하루 이틀이면 모든 게 다 끝나."

노치가 다짐하듯 힘줘 말한다.

"그럴수록 조심하세요. 칼잡이들도 많이 들어오던데."

"걱정 마오."

"다친 데는 괜찮아요?"

"견딜 만해."

여자와 작별하고 노치 절뚝거리며 바삐 되돌아간다.

일은 그사이에 터진 모양이다.

상갓집에 묵던 사람들 전부 안채 마당에 둘러서서 왁자
지껄하다.

또 무슨 일이야? 소녀, 아니 정동마님 마당에 퍼질러 앉
아서 새파랗게 질린 얼굴로 허공 가리킨다. 그 주변을 이복
동생들이 둘러싸고 달랜다.

"진정하세요."

김무용이와 조만행이도 나서서 큰소리로 설쳐댄다.

"신출귀몰한 칼잡이들을 보냈으니 곧 범인이 붙잡힐 겁
니다. 이제 그만 안심하세요."

취해서 곯아떨어진 우상 목숨 노리고 안채로 숨어든 자, 나 대신 앉혀둔 맏사위와 정면으로 마주쳤단다. 몇 차례 날선 공방 이어졌다지. 귀 밝은 정동마님 옆방에서 그 소리 듣고 고함지르며 뛰어나오다가 달아나는 범인과 마당에서 부딪혔다. 범인은 담 넘어 달아나고, 그 뒤를 사위와 몇몇 칼잡이들이 쫓아간 모양이다.

그렇다면 이번 일은 명백히 노치와는 무관하다.

한참 시간이 흘러가고 맏사위가 털레털레 빈손으로 돌아온다.

"놓쳤어. 너무 빨라서."

그사이 놀란 가슴 가라앉힌 정동마님, 품위 있는 말투로 남편 위로한다.

"다친 데는 없으시고요?"

13

네
번
째

상
어

요순이 하늘에 별처럼 빛나지만 천하는 갈수록 캄캄합니다.

유사 이래 수많은 현자, 군자들이 나타나 사람의 덕과 도리를 가르쳤으나 세상은 점점 악랄해지고 있습니다.

공맹孔孟을 배우려는 자 고을마다 넘쳐나고, 서당에선 여전히 현자들의 가르침을 글로 읽지만 인세의 사악함과 잔인함은 날로 기승을 부립니다.

요순을 몰라서 치도가 무너지는 게 아닙니다. 글이 모자라서 인간이 불행해지는 게 아닙니다. 갈수록 성군이 사라지고 좋은 사람들이 사라지기 때문입니다.

성군이 사라지는 것은 왕도가 무너졌기 때문이며, 좋은

사람들이 자꾸 사라지는 것은 치도가 무너졌기 때문입니다. 따라서 왕도와 치도를 벼리처럼 바로잡아 세우면 천하는 저절로 다시 맑아져서 금방 좋은 사람들로 가득 차게 될 것입니다.

주군이시여.

사람들은 흔히 그릇된 믿음과 오만한 독선에 빠지곤 합니다. 평소 자신을 경책하지 않고 살면서 나 스스로 참 좋은 사람이라고 믿는 것과 주변을 살펴 수시로 가까운 사람들을 점검하지 않으면서 내 식구들, 내가 사귄 벗들만큼은 모두 좋은 사람이라고 생각하는 것이 그렇습니다. 이만큼 무모하고 어리석은 독선과 편견이 또 있으리까. 이는 마치 스스로 몸을 닦지 않으면서 깨끗하기를 바라는 것과 같고, 옷을 갈아입지 않으면서 향기롭다고 믿는 것과 같습니다.

좋은 사람을 좋아하는 것과 나쁜 사람을 배척하는 것은 하늘이 내린 사람의 병이지성秉彝之性입니다. 가만히 두어도 그냥 그렇게 되는 것, 인간이면 누구나 하늘에서 받아 나오는 천성입니다. 그래서 천하의 임금들은 신하를 뽑을 때 시험을 쳐서 좋은 사람을 뽑으려고 합니다. 하오나 좋은 사람 나쁜 사람을 가리는 시험은 세상에 없습니다. 좋은 사람 나쁜 사람은 종이에 나타나지 않고, 글로 쓸 수도 없기 때문입니다.

주군의 정사가 성공하려면 좋은 사람들로 조정을 가득 채워야 합니다. 좋은 사람 나쁜 사람을 가리려면 주군이 먼저 좋은 사람이 되어 나쁜 사람을 알아보고 솎아내는 길밖에 없습니다.

주군이시여, 모쪼록 무너진 왕도와 치도를 바로 세우소서.

그런 연후에 나쁜 사람을 멀리하고 좋은 사람들로 주변을 채워서 착하고 선량한 사람들이 잘사는 좋은 세상을 만들어주소서. 오늘은 사정이 다급하여 이쯤에서 줄입니다.

14

윤
곽

내 칼집에서 이상한 냄새 난다. 법당의 향냄새 같다. 이런 냄새 나면 꼭 사람 벨 일 생긴다.

어쩌면 내가 죽을 때 가까웠나.

문득 그런 생각도 든다.

이 집 사위는 왜 서백화를 잡지 못했을까. 그가 벗어놓은 신발엔 물 한 방울 묻어있지 않다. 물 대신 흙만 잔뜩 묻었다. 물가까지 쫓아갔다면 당연히 신발에 물 묻어야지. 범인을 쫓지 않았거나, 서백화가 물이 아닌 산으로 달아났거나 둘 중 하나다.

의문은 곧바로 풀린다.

이튿날 아침 첫배 타고 서백화가 들어온다.

그렇다면 간밤에 서백화는 물로 달아났다. 물로 달아난 서백화를 사위는 왜 산으로 쫓아갔던가.

"저, 말씀 좀 나눌까요?"

정동마님 곁에서 하룻밤 자고 일어난 사위, 대청에 앉아서 독상 받고 조반 먹는다.

"전에 혹시 양주 현감 오동기 사가에서 식객으로 지내며 관졸들 데려다가 검술 창술 가르치지 않았나요?"

그는 나를 쳐다보지도 않고 국에 밥 놓아서 한 숟갈 크게 입에 떠 넣는다.

"사람 잘못 봤수다. 그런 일 없어."

그런데 어째서 내 얼굴 똑바로 바라보지 못하나.

"와선당 문하에서 잠깐 필검 배운 적도 있는 듯한데."

"사람 잘못 보셨다니까 그러네?"

그제야 눈꼬리 찢어지며 매섭게 나를 쏘아본다. 정말 아니라면 뭐 그렇게까지 화낼 일 아니지 않나?

"허허, 세상에 참 닮은 사람도 많소."

내가 웃어도 그는 웃지 않는다.

"그럼 와선당도 모르고 오동기도 모르겠소?"

"물론이지."

커다란 체구에 밥 한 공기 금세 거뜬히 비우고 일어난다. 그쯤에서 미끼 확실히 던져놓는다.

"아마 오동기가 지금 복령군 집에서 가마를 든다던가."

혼잣말처럼 내뱉고 나도 밥이나 먹으러 행랑채로 나간다.

"그래 동월이는 갔소?"

첫배 타고 들어온 한양 멋쟁이 서백화, 긴 다리 사뿐사뿐 내딛으며 고관들 모인 행랑채로 들어온다.

"포구에 아직 있어요."

"대감은 참 기운도 좋소."

남도명이 농한다.

표면상으론 서백화가 복령군 심부름을 왔고 남도명은 복령을 떠나 우상 진영으로 온 변절자다. 둘 사이가 좋을 리 없다. 만일 복령군 세상이 오면 남도명은 성치 않을 사람, 거꾸로 주군이 임금 되면 서백화가 위태롭다. 대비가 될 왕후의 후광으로 연명은 가능할지 몰라도 그쯤 되면 손 털고 이 바닥 떠나는 게 맞지. 그래도 아직은 한방에서 농담 나눈다. 속에 칼을 품어도 마지막까지 드러내지 않는 고수들이다.

"그 나이에도 애첩 간수가 너끈한 걸 보면."

"기운이 아니라 마음이지요."

백화 대답 듣고 남도명이 껄껄 웃는다.

"우리 같은 사람은 마음 아무리 있어도 기운 없어 안 됩디다."

"간밤엔 별일 없었소?"

"별일이 없긴 왜 없어. 밤에 자객 들어 또 한바탕 난리 피웠지."

"자객이 또 들어요?"

"자시 좀 못 되었던가. 우상 자는 안채에 칼 든 복면이 하나 왔어요."

"그래서, 잡았답니까?"

"잡긴. 놓쳤어."

지체 높은 대감들 대화에 감히 끼어들지 못하고 눈치만 살피던 김무용이 갑자기 용감하게 말한다.

"저희가 데려온 애들도 뒤를 열심히 쫓아갔는데 워낙 빨라서 놓쳤답니다."

백화는 대꾸도 없거니와 김무용 따위에게는 애당초 눈길조차 주지 않는다. 아무나 상대하지 않는 고관대작들만의 기개랄까, 혹은 교만이랄까. 도명이 나서준다. 제가 불러들인 김무용이가 어색하지 않도록.

"그나저나 이젠 대감도 범인 잡히기 전엔 뭍으로 못 나가니 포구의 동월이는 홀로 어찌 하누?"

"제가 범인을 잡지요, 그럼."

서백화가 짐짓 주먹을 불끈 쥐었다가 그대로 파안대소한다.

잠시 뒤에 남도명이 슬그머니 나에게 와서 한 말씀 슬쩍 찌른다.

"우상 좀 뵙시다."

그래놓고 일어나 태연히 바깥으로 나가며 말한다.

"웬 오줌이 이리 자꾸 마렵노."

다 먹은 밥상 물리고 나도 일어나 밖으로 나온다.

"급한 용무신지?"

"아무렴."

말투 꽤나 자신만만하다. 그 때문에 이유 묻지 않는다.

"하면 이쪽으로 오시지요."

안채로 달고 가서 빈소 뒤로 돌아간다. 사위와 정동마님이 우상과 긴한 얘기 나누다가 기척에 문 열고 내다본다.

아마도 간밤에 든 자객 이야기 나누었겠지.

"남효상 대감이 급히 아뢸 말씀 있답니다."

딸 내외 나가고 남도명이 들어간다. 무슨 얘기 나눌까, 여닫이문 닫아주고 문지방 너머에 앉는다. 조금 있으려니 정동마님과 나갔던 사위, 혼자 들어와 내 뒤에서 다리 뻗고 벌렁 드러눕는다. 이상할 건 없다. 거긴 본래 빈소 지키던 사람들 잠시 쉬고 눕는 곳이다.

"서상필이가 수상하니 잡아다가 한번 족쳐보시오. 본래 서가는 이런 데 제 발로 찾아올 자가 아닙니다. 내 알기론 동월이 일로 복령과 완전히 틀어졌단 말이지요."

"하하, 모르셨구나. 그게 다 천하를 속이려는 기세술欺世術이라오. 백화가 흰 까마귀를 자처했다지."

"도대체 누가 그런 말을 해요? 백화가 흰 까마귀라고?"

도명의 언성이 갑자기 치솟는다.

"제가 제 입으로? 천만의 말씀. 복령이 동월이 짓밟고 모욕줄 때 내가 그 방에 같이 있은걸. 그 꼴 눈으로 직접 봤으면 기세 같은 소린 안 나와요. 아무 상관없는 나도 그날 이후 복령에게 만정이 다 떨어졌다오."

"그래요?"

"그 동월이가 지금 서상필이 따라와서 포구 저편에 있는데 서상필이가 복령의 명받아 여기 내려올 까닭이 뭐가 있소? 보시오, 여운. 상필이가 와서 무슨 말 합디까?"

잠시 침묵 흐른다.

"탕평책 쓰겠다면 몰라도 그 외엔 전부 거짓이오. 복령은 내가 잘 알지. 더군다나 내외 사이 자별한데 혼인계 따위를 쓸 까닭은 더욱 없소. 내 사백이 아직 복령의 후견으로 있으니 한양에만 가면 금방 알아볼 수 있지요."

도명의 형인 대제학 남효곤은 복령뿐 아니라 대부분의 왕자들을 가르쳤다. 그중에서 복령을 가장 낮게 평가하며 임금의 재목으로 추켜세웠다. 통이 크고 성품이 활달하며 호기롭고 수럭수럭하다는 게 이유였다. 상대적으로 수령과는 잘 맞지 않았다.

뭐, 얼마든지 그럴 수 있다. 손 보는 사람 있고, 발 보는 사람 있으니까.

하긴 복령의 밀명으로 혼인계를 들고 찾아온 백화가 밤에 복면자객이 되어 우상의 목숨을 노린다는 건 어딘지 앞뒤가 맞지 않다. 나도 그 점을 계속해서 의심하고 있었다. 혼인계가 사실이라면 그럴 이유가 없지. 우상이 받아들이

기만 하면 복령 천하 되는 것을.

그렇다면 서백화는 왜 우상 목숨 노리는가.

적어도 우상은 그 이유를 모르는 것 같다. 서백화 혼자 아는 이유다. 무슨 일로 우상에게 그처럼 깊은 원한 맺혔던가?

남도명이 물러가고 우상이 부른다.

"백화 서상필이가 아무래도 수상해."

"그러잖아도 주시하고 있습니다."

"나는 장선달만 믿소."

"걱정 마세요. 지켜드릴 테니."

"복령이 내 막둥이 딸아이를 정비로 맞이하겠다고, 쿨럭. 서상필이가 혼인계 들고 왔었지."

이실직고, 야밤에 엿들어서 이미 알고 있는 말 털어놓는다.

"그래서 마음 흔들렸는지요?"

"아냐, 흔들리긴. 내 마음은 본래 흔들리고 말고 할 게 없어요. 어디까지 나를 몰고 들어가는지, 그냥 한번 쭉 따라서 가본 게지."

"그런데 말입니다."

이쯤에서 정색하고 한번 물어보자.

"임상달은 왜 죽이셨습니까?"

우상, 잠시 멈칫한다. 그러나 부인하지는 않는다. 한동안 가만히 있던 그가 천천히 입을 연다.

"장 담가서 오래 두면 내 집 장독에서도 곰팡이 피지. 소 헌이 그래. 상달이가 두 마음 먹었다고. 벌써 좀 됐지. 대세 가 복령에게로 완전히 기울었을 때, 나를 치고 가자고. 가 서 좌상에게 붙어 벼슬 살자고."

깊이 한숨 쉬고 쓴 입맛 다신다.

"상달이가 그래서는 안 되거든. 세상 사람 다 내게서 등 돌려도, 상달이만은 그래서 안 되거든."

우상 자신은 어떠했던가.

그는 무려 세 번씩이나 윗사람을 갈아치웠다.

한번 꼽아보랴. 선왕의 선왕 시절, 동인에 들어가서 맹활 약하다가 하루아침에 변절하고 반대편에 가서 붙었다. 폐 비 일로 피바람 불기 직전, 사돈까지 사지로 몰아넣고 혼자 만 무사했다. 엊그제 노치 말 들어보니 꿈에 적승자 나타나 다른 인연 손에 쥐여주었다던가. 신하들 몰살시킨 악랄한 임금 미쳐 날뛸 때 그 밑에서 옳은 소리 단 한 번도 간하 지 않고 오로지 충실히 명 받들었다. 영의정 윤기순한테 딸 재취로 보내고 벼락출세도 했다. 운인지 무슨 수작 부렸는

지 윤기순이 금방 죽고 그 재산 다 물려받았다. 폭군 치하
에 남아나는 건 심숙보 하나뿐이라고 사람들이 빈정거렸
다. 그 세월 너무 악랄해서 반정 일어났다. 그때 꿈에도 혹
시 무슨 도인 나타나 길 일러주었던가.

서소문 밖 함성 소리 듣자 대궐 문 활짝 열어 반군 맞아
들이고 검산 찾아가서 목숨 구걸했다. 폭군 부추겨 동인 몰
살시킨 명단 요구하자 빠짐없이 써서 갖다 바쳤다. 그때도
사람들이 같은 말로 흥보았지. 반정에서 살아남은 대신은
심숙보 하나뿐이라고.

검산 힘 있을 때 그 품에 안겨 비바람 피했다가, 검산 힘
빠지자 수하 이끌고 빠져나와 남인 만들고 새 간판 내걸었
다. 검산 칠 적에 남인과 북인이 힘을 합쳤는데 목적을 이
룬 뒤 서로 주도권을 잡으려고 싸운 게 지금까지 이어진
다. 좌상 민윤복이 영수로 있는 서북은 북인에서 갈라진 한
집안 종파다.

너무 잘 알아서 더 용서할 수 없었던가. 딴사람도 아닌
심숙보가 변절을 탓하며 심복을 처단했다니 절로 헛웃음
이 나온다.

"어찌 알았소?"

노치 오른손 검지 둘째마디 보고 알았다. 칼을 쥐면 자루에 맞닿는 곳, 살갗 일어나고 불그죽죽 피멍 맺혔다. 전날까지는 없던 것, 초보자는 누구나 비슷한 경험한다. 나도 진검 쥐고 한동안은 검지 전체에 힘이 실려 굳은살 박일 때까지 계속해서 까지고 피맺혔다.

하지만 그 대답 잠시 미루고 궁금한 것 하나 더 물어보자.

"하면 저는 왜 해치려고 하십니까?"

그 질문에 우상이 화들짝 놀란다.

"장선달을 해치다니?"

그가 눈을 휘둥그레 뜨고 반문한다.

"그러잖아도 노치한테서 칼 맞았다는 얘기 전해 듣고 나를 해치려는 자들이 먼저 장선달을 쳤구나 싶었는데."

잠시 침묵하던 그가 새삼 억울한 듯 크게 소리친다.

"아 이 사람아! 내가 왜 자넬 해쳐? 지금 여기서 내 목숨을 지켜줄 유일한 사람이 바로 자넨데?"

표정 보니 거짓은 아닌 듯하다.

노치를 시켜 임상달 죽인 걸 처음 알았을 때는 이 모든 게 우상의 자작극이 아닐까 의심도 했다. 변절자를 처단하고 그 누명을 정적들에게 씌우면 일거양득이 아닌가. 그런 짓 벌이기엔 시골, 특히 이 도섬은 그야말로 안성맞춤, 사전에 치밀히 계획 세우고 헛소문 사방에 퍼뜨려 북인들을 곤경에 빠뜨린다. 자작극이 사실이라면 나는 쓸데없이 뛰어든 눈치 없는 우군, 회유하거나 그게 어려우면 치는 게 맞다. 범인이 자신인데 나를 곁에 두고 일이 순탄할 리 있는가. 그러나 자작극이라면 우상의 아우까지 참변을 당할 리는 없었다.

아우의 죽음은 틀림없이 우상을 노린 것이다.

우상의 목숨을 노리는 자가 반드시 있다는 증거다.

그때부터 나는 다시 원점으로 돌아와서 이 문제를 파악하는 중이다.

임상달을 살해한 것은 변절자를 처단한 우상의 교활한 자작극이라고 쳐도 그게 다가 아니다. 정말로 우상을 살해하려는 자가 또 있다. 이를테면 사건은 하나가 아니라 둘이다. 어쩌면 둘 이상일 수도 있겠다.

정리하면 이렇다.

처음에 일을 벌인 건 우상이다. 그래서 남인 세력 과시하고 몸값 높이면서 동시에 변절자도 처단할 계획 세웠다. 예상대로 구름 같은 문상객 섬으로 밀려들었다. 수령군은 물론 반대파 정적들까지도 조문이 줄을 이었다. 복령군 측에서 밀사 파견하여 혼인 제안한 건 예상치 못한 뜻밖의 선물이었다. 어수선한 혼란 틈타 계획대로 변절자 응징했다. 거기까지는 순조로웠다. 모든 일이 우상의 예측과 계획대로 진행되었다. 그런데 어느 순간부터 일이 틀어지기 시작했다. 우상이 꾀하던 범주를 벗어나기 시작한 것이다. 그 신호가 막내아우의 죽음이었다. 우상은 당황하기 시작했다. 통제력을 급격히 상실한 그가 찾은 사람은 나였다. 나였고 또한 수령군이었다. 서백화의 제안이 있을 때만 해도 수령과 복령 사이에서 줄타기를 꾀했던 그가 언제 그랬냐는 듯 발 벗고 내게 매달린다.

"도와주오, 장선달. 나는 단 한 번도 자넬 해치려고 하지 않았네."

"좋습니다, 믿지요."

노치가 나를 치러온 걸 우상이 모른다?

그렇다면 노치는 우상의 허락 없이 나를 노렸다는 뜻이다. 노치와 나는 구원이 없는 사이, 아무리 지난날 돌아봐도 노치는 기억에 없다. 그렇다면 그는 무슨 까닭에 나를 노렸을까.

"범인을 잡으려면 몇 가지 방책을 세워야 하니 섬에 들어와 있는 내포 현감을 불러주십시오."

"그러지."

우상이 큰소리로 노치 불러 명한다.

"정현감 좀 찾아서 데려오너라."

"네, 대감마님."

노치가 잠시 뒤에 내포 현감 정수일을 데려온다.

"지금부터 정현감은 여기 장선달 지시를 받아서 일하게."

우상 한 마디에 현감이 군말 없이 순응한다.

"하명만 하십시오."

"잠시 나가서 말씀 올리겠습니다."

현감 데리고 나와서 나루터 주막집으로 간다.

"탁주나 한 사발 같이 하십시다."

"그런데 수령군 나리께서 정말로 임금이 되신답니까?"

현감이 눈빛 반짝이며 묻는다. 이런 시골 현감도 천 리 길 너머 임금한테 관심 두는가. 임금이 누가 되면 어떤가. 평생 가야 얼굴 볼 일 무에 있으리. 자네는 그저 자네 소임만 잘하소. 내포 잘 다스리고, 백성 억울한 일 없게 자식 보살피듯 살뜰히 보살피면 되지.

"지금부터 내 말 잘 들으소. 데려온 관졸이 모두 합하면 오십 명쯤 되지요? 상갓집에서 저녁 일찍감치 먹여 초저녁잠 한숨 재운 뒤에 달이 저 나루터 옆에 내가 지금 손으로 가리키는 저 소나무 끝에 걸릴 때쯤, 아마도 그때가 자시 근처일 텐데, 전부 깨워 손에 횃불 하나씩 들려서 이 나루터 주막집 앞에서 한바탕 진을 치고 노시오. 노래를 불러도 좋고, 탁주 한 사발씩 먹여 장기자랑 같은 걸 열어도 괜찮지. 시끄럽다고 동네 개 와서 물어뜯지만 않으면 얼마든지 놀아요. 배고프면 밥도 먹고. 술값 밥값은 내가 내리다."

자객이 나루터로 오지 못하게만 하면 된다. 섬에 갇힌 자객은 내가 잡을 테니까.

"무슨 그런 훌륭한 작전이 다 있습니까? 그게 끝입니까?"

"끝이오."

"언제까지 놀면 됩니까?"

"그냥 밤새워 놀다가 잠 오면 자면 됩니다."

잠시 사이 두고 기회 엿본다. 낯익은 주모 안주 차려서 들고 온다.

"어어, 오늘은 조심하소."

"아유, 선다님. 국그릇 또 엎을까봐서요?"

살짝 웃는 얼굴에 귀여움 묻어난다. 손 맵시도 보고, 봉긋 솟은 가슴도 보고, 남의 여자 여기저기 원 없이 잔뜩 훔쳐본다.

"이제 또 버리면 갈아입을 옷도 없네."

"안 그럴 테니 걱정 마세요."

그새 친해졌다고 팔로 어깨 툭 친다. 상에 음식 갖다놓는 여인 무시하고 팔 너머로 현감한테 말한다.

"참, 하나만 더 일러두지요."

"말씀하세요."

"이건 아주 중요한 얘기오."

"네. 새겨듣겠습니다."

"관졸들이 한창 놀고 있을 때 저쪽 상갓집 쪽에서 개 짖는 소리 들려오고 누군가가 달려올 거요. 복면자객일 가능성이 높지요. 숫자는 하나일 수도 있고, 둘일 수도 있소. 그런데 만일 왼편 야산 쪽으로 도망가는 자가 있거든 쫓지 말고, 바른편 미륵산 쪽으로 달아나는 자는 무조건 쫓아가오. 쫓아가서 반드시 잡아오세요."

여인 귀 쫑긋 세우고 안 듣는 척 다 듣는다. 이제 이래놓으면 노치 귀에 들어가는 건 시간문제일 테고.

"그게 여기서 보일까요?"

"달이 뜨면 보이지."

"달 안 뜨면요?"

"그럼 초저녁에 저 갈림길 근처에 횃불 몇 개 써두소."

"아, 그럼 되겠군요."

15

마
지
막

상
서

인생이란 누구에게나 한 차례 거세게 일어났다가 이내 아무 일 없이 사라지는 뭉게구름 같은 것, 그 안에서 제아무리 아프고 사무친 일 있었다 한들 구름 사라진 하늘에 무엇이 남으리까.

섬사람들은 셋만 모이면 말합니다. 해마다 먹고살기 어렵고 세상은 갈수록 답답하다고. 우상이 남인들 데리고 정치하면 좀 나으려나, 수령 복령이 임금이 되면 좀 나으려나.

그러면서 이 악물고 나쁜 건 금방 지나간다는 믿음 하나로 버팁니다. 그렇습니다. 참으면 그 어떤 일도 결국엔 지나가는 게 인생입니다.

강물에 노 젓고 평생을 사는 뱃사공에게 꿈이 있다면 낡은 배를 새 배로 바꾸는 것입니다. 그네들 꿈이 산을 옮기고 바다를 딴 데로 내는 게 아닙니다. 기껏 배 갈고 노 갈아서 편히 강물 오가는 것입니다. 그런데 그 작고 소박한 꿈도 이루고 사는 사람은 몇 되지 않습니다. 꿈은 대개 꿈으로 끝납니다.

나이 들면 꿈 점점 커지고 그래서 더욱 멀어집니다. 어차피 못 이룰 것, 꿈이라도 커야지. 가슴에 저마다 이루지 못할 꿈 촛불처럼 한 자루씩 태우고 삽니다. 아무리 발버둥 쳐도 이룰 수 없다는 것, 아무리 노력해도 꿈은 단지 꿈으로 끝난다는 것 누구보다 자신들이 잘 압니다. 그런데 부질없이 꿈은 왜 태우느냐, 그마저 꺼지면 인생이 너무 춥고 어둡기 때문입니다. 그래서 그냥 빈방에 불 쓰듯이 한 자루씩 밝혀두고 스스로 위로하며 삽니다. 보라, 나는 젊어서부터 이런 꿈 있었노라. 큰 배 사서 타고 용궁 가고 율도국 가는 꿈, 판옥선 타고 망망대해 떠나서 천하 주유 하는 꿈. 그런 큰 꿈 품을 가슴 있었노라. 마소와 분명히 다른 꿈 있었노라. 비록 가난했어도 한평생 멋지고 고운 꿈 가슴에서 태우고 또 태웠노라.

유사 이래 수많은 임금이 오고 또 갔지만 그 가운데 백성 마음 제대로 알고 나라 다스렸던 임금이 있었나이까. 백성 따라 밥 한 끼 먹어보고, 백성처럼 한겨울에 누더기 기워 입고, 백성 자는 방에 들어가 하룻밤이라도 자보고 그들을 다스린 분 하나라도 있었나이까. 한세상 다 살고도 금쪽같은 자식에게 빚밖에 물려줄 게 없는 백성의 처지를, 그 마음을 헤아린 임금이 단 한 분인들 세상에 있었나이까.

사람은 누구나 부모를 따라 이 세상에 와서 살다가 부모를 따라 저세상으로 갑니다. 이미 이 세상에 부모를 따라 왔으니 언젠가 그 부모를 따라 다시 저세상으로 가는 것이 어찌 두렵겠나이까. 다만 부모보다 먼저 저세상으로 가는 일을 불효 중에도 가장 큰 불효로 꼽을 뿐입니다.

세상의 모든 부모는 저세상으로 가기 직전에 자식들을 불러 손 꼭 붙잡습니다. 마지막이다 싶으면 급하게 자식부터 찾습니다.

그리고 말합니다.

내가 없어도 잘살아라, 가난해도 잘살아라, 배곯지 말고, 몸 아프지 말고, 쓸데없이 괴로워하지 말고 잘살아라. 그 말 꼭 남겨야 눈 감습니다. 그 말 못 전하면 남은 숨 몰아쉬며 자식 오기를 기다립니다. 시간이 없는 데도, 숨이 꼴깍 꼴깍 넘어가는 데도 자식 얼굴 보고 가려고, 한 마디 당부 남기고 가려고 안간힘으로 버팁니다.

그랬다가도 끝내 자식이 오지 않으면 주변 사람한테 대신 말합니다. 내 새끼 오면 이 말씀 꼭 전해주오. 금쪽같은 내 새끼, 눈에 넣어도 아프지 않을 내 새끼, 어떻게든 용기 잃지 말고 잘살라고 전해주오. 내가 없어도 부디 잘살도록, 여러분이 제발 좀 도와주오.

세상 떠나는 부모 마음 모두 한결같습니다. 누구나 마지막에 먹는 마음은 그렇습니다.

주군이시여, 지금 이 땅에서 사는 백성들은 전부 그네들입니다. 귀하디귀한 금쪽같은 자식들, 임종 맞은 부모들이 손 꼭 붙잡고 애틋한 별사 전하며 남겨놓은 아들딸들, 저 세상 가면서도 차마 걱정되어 눈 못 감고 기다리던 새끼들, 눈에 넣어도 아프지 않을 그들이 바로 주군이 다스릴 세상의 백성들입니다. 어느 한 사람도, 그 누구도, 그렇게 남겨지지 않은 사람 없나이다. 신분이 아무리 천해도 그 부모한테는 천하에서 제일 귀한 자식입니다. 장터에서 만나는 저 하찮고 바글바글한 사람 중에서도, 누군가에게 천하 보물 아닌 이가 하나라도 있겠나이까.

세상을 다스리는 일은 과연 가벼이 볼 것이 아닙니다.

주군의 백성은 하나하나가 다 그처럼 귀하디귀하고 소중한 사람들, 지하에 부모 영령 있다면 어찌 주군 손 붙잡고 자식 잘 부탁한다며 절하지 않으리까.

앞서 이 세상을 다녀간 모든 부모의 간절하고 애틋한 염원이 하늘에 닿아서 주군의 성총이 꺼지지 않도록 내내 환히 밝혀줄 것입니다. 어렵게 살다간 억조창생 만백성의 수많은 당부가 주군의 수호신이 되어 밤과 낮을 편안히 지켜줄 것입니다.

도섬에서 마지막 날 보냅니다.

결판을 앞두고 잠깐 한가롭기에 몇 자 급히 적습니다.

16

결
판

아침에 던진 미끼 저녁나절에 입질 온다.

"장선달이라고 했소?"

안채에 자유자재로 드나들던 사위, 뒤에 와서 슬쩍 말 건넨다.

"여긴 내가 지킬 테니 내 안사람이나 좀 찾아서 데려오 시오."

정동마님 어딜 가셨나?

"미륵산에 사촌들과 막내 숙부 영령 모시고 올라갔는데 아직 안 내려왔소."

범인 찾는 것도 중하지만 비명에 간 사람 빈소부터 차리 자고 말들 많았다. 부자 빈소 함께 쓰기 민망하다며 아들은 미륵산 절에 모셨지.

"왜, 직접 가시지요?"

낚싯대 살짝 흔든다.

"내가 말이지, 길도 낯설고 날 저물면 밤눈도 약간 어두워서."

잠시 사이 두었다가 아무 대답하지 않고 일어난다.

"어딘지 아시오?"

뒤에서 그가 묻는다.

"해윤사 아닙니까."

밖으로 나오며 칼 단단히 여민다. 행랑채 지나는데 누가 앞길 가로막으며 인사 건넨다.

"장서방."

조무열이다.

"네."

가볍게 묵례하고 시선 피한다.

"반갑소, 장서방."

그가 손 내밀고 수인사 청해서 마지못해 그 손 잡는다.

"왜, 내가 불편하신가?"

"편할 리 있나요."

"그럼 서운하지."

그가 웃는다.

하긴 마냥 피할 수만은 없지: 피한다고 될 일인가.

"그래 새로 성가는 하셨고?"

예상과는 달리 묻는 말에 뼈가 없다. 독하지도 날카롭지
도 않다.

웬걸요. 고개 젓고 사람 다시 본다.

"세월 제법 흘렀는데 인연 새로 만들어서 이어가야지."

"인연 만들면 갈수록 묶이지요. 성가하고 자식 낳으면
못 빠져나옵니다. 이미 이 세상 온 것만으로도 어지럽고 복
잡한 인연 한가운데 있던 걸요."

"너무 외롭지 않나, 그럼?"

"자유롭지요."

"나도 살수 청천과는 인연 끊어진 지 오래야. 부모형제
다 세상 버렸거든."

그 말에 용기 얻어 속에 있던 말 불쑥 고백한다.

"제가 참 나쁜 놈입니다."

비밀리에 간직해 온 속 깊은 이야기 얼결에 털어놓고 돌
아서서 후회한 적 몇 번이던가. 잠시 깊은 침묵 스쳐 간다.

"그럼 앞으로는 좋은 일 많이 하시게."

갑자기 가슴 뭉클해진다. 그래서일까.

"형님."

전에 쓰던 호칭 다시 꺼내 쓴다.

"한양에 가거든 자리 한번 알아봐 드릴까요?"

"괜찮네, 지금도."

"하필 저런 자 밑에서 일합니까?"

"그만큼 대접이 좋거든. 모르긴 해도 자네보다 열 곱은 더 받을걸?"

"세상이 다 흉보는 악인이 아닙니까?"

"악인 호인이 중요한가?"

그가 되묻는다.

"대장부는 자기 가치를 알아주는 자를 섬겨야지. 어차피 우리네가 앞에 나설 세상은 아니지 않은가. 그런 건 저네들이 하는 것이고, 우리는 그저 자신을 알아주고 대접해 주는 자가 있으면 성심을 다해 그를 섬겨 일할 뿐이야."

"맞는 말씀이오나, 악명 너무 높아서."

"허허, 악인 없는 세상이 어디 있으려고."

웃는 얼굴에 사뭇 초탈함이 배었다.

"어느 세상에나 악인 있고 호인 있지. 피한다고 악인 모두 없어지고 호인만 남나?"

잠시 사이 두었다가 끊어진 말허리 잇는다.

"전에 누가 그러더군. 시궁창 없어질 세상이 오겠느냐고. 시궁창 없어지면 세상이 깨끗해질 것 같으냐고."

틀린 말 아니다. 악인은 어느 시대, 어느 세상에나 있겠지. 돌이나 나무처럼. 그래 시궁창처럼. 예전에도 있었고, 지금도 있고, 미래에도 있을 것이다. 하긴 사람 사는 세상에 악인이 없을 수야 없겠지. 다만 그 악인을 대하는 방법과 태도가 사람마다 시대마다 다를 뿐이다.

"맑은 데 있으면 더럽고 구린 곳도 있어야지. 그게 세상이지. 한사람 안에도 악인 호인 고루 다 들어있는걸."

나도 전에 그런 경지 겪었다. 그 말 그대로 하고 살았다. 한사람 안에 악인 호인 다 있다고. 그래서일까. 방금 고백한 대로 너도 나쁜 놈 아닌가, 되묻는 소리로 들린다. 물론 자격지심인 것도 안다.

지체 많이 되어 그쯤에서 양해 구한다.

"이 일 해결하고 한양 가거든 자리 한번 마련하겠소."

"지금은 어딜 가시나?"

"미륵산에, 이 집 큰따님 모셔오려고요."

"바쁜가? 그럼 어서 가보게."

도섬의 물빛 저녁 빛 붉어서 슬프다. 붉은빛 왜 슬픈가. 붉은 꿈 꾸고 일어나면 지금도 울 때 있다. 그냥 슬프다, 특히 이처럼 붉은 저녁은.

산이 불타고 섬이 불탄다. 홍엽에 노을, 타는 붉은 빛 그대로 물속에 빠져든다. 물에 빠진 거대한 붉은 빛 발갛게 짙어지며 물도 부글거린다. 부글부글 끓어서 넘실거린다. 수증기 따라 살아나는 비린 물 냄새여, 살수 청천 강가, 내 살던 곳 생각난다. 그 시절 그립듯이 지금 이 시절 또한 지나가면 그리울 때 있을까.

첫사랑 찾으러 가는 저녁, 어머니 보고 싶다. 나처럼 한 세상 외롭게 살다간 사람 또 있을까. 비 오려는가. 흙냄새 위에 비 냄새 섞인다.

사랑했지만 보내야 했던 사람 있었고, 사랑하지 않았는데 같이 살던 사람 있었다. 그게 운명인가. 마음과 엇나가는 게. 그래서 늘 고독하고 마음 아픈가.

언제 이곳은 오고 싶어 왔나.

아아, 나는 어쩌자고 이 외롭고 슬픈 별 떠나지 못한 채로 고독한 옛 노래 지금도 혼자 흥얼거리나.

그래, 운명에 맡겨야지. 운명에 맡겨보자. 마음과는 상관없이 운명 따라 흐르는 인생, 나를 여기까지 데려온 우주의 커다란 흐름에 나를 맡기고 또 어디론가 흘러가보자.

그 끝엔 무엇이 있을까.

무엇이 있든 개의치 말아야지. 죽음이 끝일지, 아니면 또 다른 시작일지.

설령 끝이 아니고 시작도 아닐지라도, 또 다른 어떤 무엇이라고 해도 그 흐름과 질서에 모든 걸 맡겨야지. 지금 여기까지도 그렇게 왔듯이 말이다.

그래도 흔들리는 마음 좀처럼 가라앉지 않고 덧없이 옛일만 자꾸 떠오른다.

만날 수 없는 사람, 갚지 못한 빚, 돌이킬 수 없는 수많은 일들, 결전 앞두고 왜 이러나. 생각이 옛일에 갇혀 한 치도 벗어나지 못한다. 이런 날에도 나는 나, 어쩔거나, 그대 그립다.

큰일 앞두고 정말 왜 이러나.

백척간두에 또 다시 위태롭게 홀로 선 소녀, 새로운 인연 만들지 마오. 인연 만들고 그 안에 갇히는 것, 전에 잠깐 해보지 않았소? 이 말 어떻게 전할까. 소녀야, 꼭 해주고 싶은데 전할 방법 없구나. 애타는 심사, 흔들리는 이 마음, 어찌할거나.

우리 손 꼭 붙들고 천 길 낭떠러지로 가서 그만 뛰어내릴까?

청평사였지. 별 헤아리던 소녀 갑자기 눈빛 반짝이며 물었다.

왜?

저세상으로 가보게.

……왜?

저세상엔 이별도 없고 신분 귀천 같은 것도 없을지 모르니까.

그때 끝냈다면 지금 우린 어디에 있을까.

갑자기 기분 더욱 처연해진다.

난들 왜 그런 마음 없었겠니. 이 몸 벗어던지고, 너와 나 단둘이서, 훨훨 날아가 살고 싶은 마음. 네 맑고 빛나는 눈빛 볼 때마다 너를 빼내어 달아나고 싶었지만 그 고귀한 육신 안에 네가 있으니 뽑아낼 방법이 없었지. 지금도 생생

한 네 살 냄새, 창포 향기에 보리냄새 섞인 듯한 그 품에 안겨 매끄럽고 봉긋한 젖가슴에 얼굴 깊이 파묻고 세상 전부를 가진 양 행복해 한 시절 있었는데, 그런 날 그 뒤로 다시 오지 않았지. 어디에서도 그런 행복 다시 없었지. 가난한 자의 눈물겨운 가난한 날 이야기, 언제쯤이면 나를 다 비울 수 있을까.

마음 더 굳게 다잡으려고 적당한 바위 찾아 앉는다.

주군상서 꺼내어 다시 쓸까.

몇 자 감회 덧붙이기 전에 폐부 깊숙이 심호흡한다.

자고 나면 꿈같고 자고 나면 꿈같습니다. 정 붙일 곳 하나 없는 이 고독한 섬이 실재일까요? 외로움 달랠 말벗 하나 없는 이 세상이 생시일 리 있을까요? 너무 고독해 눈물 납니다. 저 같은 사람 더 생기지 않도록 사랑으로 사람을, 세상을 다스려 주사이다.

자식이 부모를 따르고 섬기는 것은 돈이 많아서가 아닙니다. 세도가 높아서도 아닙니다. 배가 고파도, 회초리를 맞아도, 몹쓸 병에 걸려 세상을 떠나도 그 사랑을 의심하지 않으면 자식은 부모를 따르고 섬기며 죽을 때까지 그리워

합니다.

성군의 치도 역시 오직 사랑, 사랑뿐입니다. 백성을 사랑하는 마음 하나면 유사에 길이 빛날 큰 임금이 됩니다. 백성은 권력과 정사의 도구가 아니라 한없는 사랑으로 보살피고 돌봐야 하는 주군의 모든 것입니다.

나이 들고 많이 느낍니다. 많이 느끼고 많이 깨닫습니다. 이것들, 이 느끼고 깨달은 것들 세상에 돌려주어야 그만큼, 신의 인생과 나이만큼 세상이 더 자라지 않겠는지요.

구원일까요? 신은 점점 젊은 날의 반대편으로 가고 있습니다.

"여기서 뭘 하시나?"

쫓아오던 발소리 내 앞에서 그친다.

"보면 모르나? 그대 오기를 기다리고 있지."

쇳소리에 거친 웃음 한두 차례 이어진다.

"껄껄껄. 오동기를 떠올린 건 자네 실수였네. 알아도 모르는 체 그냥 갔어야지."

"여긴 왜 왔나? 자넨 누구야?"

이놈, 대답하지 않는다. 대신 칼 빼 들고 무지막지한 힘으로 덤벼든다. 엉겁결에 막았는데 손바닥은 물론 팔이며 어깨까지 찌릿찌릿하다. 바위 이쪽저쪽 옮아가며 몇 차례 겨뤘으나 승부 쉽게 갈리지 않는다.

겨어보니 역시 무인이다. 놈이 쓰는 건 영산검법에 가깝다. 영산검법의 창시자는 영산스님이라고 들었다. 영산스님은 백 년 전에 살던 사람, 법통 물려받은 그 제자가 소백산에 절 짓고 검법 가르친다. 나도 칼 들고 바위 뛰어다닐 정도는 영산검법 배웠다.

칼도 옷이나 사람처럼 제게 맞는 검법 따로 있다. 그것 찾아야 빨리 늘고 높이 도달한다. 내겐 영산검법보다 필검법이 더 맞았다. 영산검법은 활달하지만 무디고 필검법은 날카롭고 빠르지만 덜 치명적이다. 영산검법에 당하면 즉사가 흔하다. 필검법은 가려가며 벤다. 굳이 죽이려고 들지 않으면 칼 맞은 채로 얼마든지 살아간다.

얼추 스무 합 정도 겨뤘나.

그런데 싸우면서 가만 보니 이놈 검법 잘못 배웠다. 격법에서 자세 흔들리고 자법에서 모양새 한참 빠진다. 도력은 높은데 법기가 아니라고나 할까. 기본 잘못 배우면 흔히 이런 불량 나온다. 잘못 배운 기본에 도력이 높아지면 나중엔 손쓸 수조차 없어진다.

이런 주제로 막중대임 받아 나왔나. 가만 보니 연습도 몇 년 안 해 녹슨 솜씨다. 하루만 칼 안 잡아도 감각 떨어지거늘. 옛날에 칠검, 팔검 쓰던 자가 몇 달 놀고 나면 은행잎 두 동가리도 단번에 못 자르는 게 칼이고 검이다.

이자가 믿는 건 오로지 힘, 기운만은 천하제일이구나. 내가 겨뤄본 자 중에서 힘은 최고다. 자세 흔들리는 격법에도 맞잡으면 가끔 밀릴 때 있다. 그러고 나면 어깨에서 목덜미까지 욱신거린다.

무진이었던가.

안개 흔하던 곳, 밥 해주던 여자가 서방 두고 가끔 내게서 자고 갔다. 우리 서방 힘은 장사지. 그 힘 주체 못 해 맨날 혼자만 좋아. 힘은 살살 달래고 어를 줄 알아야지. 마음대로. 자유자재로. 그게 힘 좋아서 좋은 거지. 저도 주체 못하는 힘은 차라리 상대 안 하느니만 못해.

밤일만 그런 게 아니라 칼도 꼭 그렇다. 자세 제대로 잡고 검법 올바로 쓸 때 힘이 무서운 거지, 힘만 좋아서야 그게 오래가겠니?

삼십 합쯤 겨루고 나자 목덜미까지 욱신거리게 만들던

힘, 급격히 떨어진다. 씩씩거리는 숨소리도 배는 커진다. 급할 것 있나. 욕심 안 부린다.

"제법이구나."

움직임을 멈추고 놈이 말한다. 쉬려는 수작이다.

"임무완수 해야지. 말 끊을 땐 언제고 새삼 노닥이려는가?"

쉴 틈 주지 않고 공격한다. 여기저기 갈수록 틈 많이 보인다. 저놈 목숨 이제 내 손에 달렸다. 죽고 사는 문제가 남의 손에 달렸을 때, 세상은 이미 제 것이 아니다. 이놈 어찌한다? 죽이는 방법도 내가 결정할 문제다. 단번에 죽일까. 이 산중에서 혼자 천천히 고통스럽게 죽어가도록 만들까.

잠깐 살려둘까도 생각했지만 생겨먹은 게 도대체 정이 안 간다.

사람 좋고 싫은 건 반드시 선악 때문만은 아니다. 악인 중에도 정이 가는 자가 있다. 악인도 여러 가지다. 가난해서 악인 되고 어쩔 수 없이 악한 짓 하는 자, 먹고살려고, 눈물 머금고 악행 저지르는 자들은 그래도 낫다. 악행을 즐기는 놈, 헤실헤실 웃어가며 천연덕스럽게 악행에 탐닉하는 놈, 악인밖에는 할 게 없는 놈, 그 중에 최악은 근본이 너무 악해서 악행을 저지르며 악행인 줄 모르는 자다. 그런데 이놈이 그렇다.

스스로 묻는다.

혹시 정동마님 때문에 질투하는가?

아니다. 그건 절대로 아니다.

이미 다 끝나버린 인연, 그저 곱게 마무리하고 싶을 뿐 질투 따위는 하지 않는다.

문제는 이자의 근본이다. 말이 없는 것까지는 좋다. 하지만 눈빛이며 말투, 태도 따위가 영 불손하고 거슬린다. 너무 태연하고 뻔뻔스럽다. 동정하려야 할 게 없다. 불쌍하기는커녕 소름 끼친다. 소녀는 어디서 이런 놈 골라 데리고 사는가. 무엇에 반했는가.

"너랑은 승부가 안 나니 이제 그만하자."

씩씩거리며 그가 온 힘을 다해 나를 밀쳐낸다. 단숨에 숨통을 베면 아무 얘기 못 듣는다. 너는 누구이며 왜 여기까지 왔느냐? 무슨 목적으로 우상 사위 되었느냐?

남들이 하는 말, 떠도는 소문이야 상가에서 여러 번 들었지만 이놈 입으로 직접 듣고 싶다. 사위야, 너는 나의 적이냐? 우상의 적이냐? 아니면 또 누구의 적이더냐?

하지만 말이다.

안 들어도 그만이다.

명쾌한 게 좋긴 하지만 세상에 명쾌한 일 몇이나 되던가.

궁금하면 궁금한 대로 눙쳐놓고 살아도 괜찮다. 그럼 심심할 때 혼자 꺼내어 머리라도 굴려보지. 인생이 너무 맑고 명쾌해서야 재미없어 쓰겠는가.

그리고 또 무엇보다, 네 입에서 직접 그 고백 듣는다면 왠지 나는 더 슬프고 소녀 더 불쌍해질 것 같아. 한마디로 그 속사정, 네 입에서 듣고 싶지는 않단 말이지.

승부는 이제 낼 거란다.

두 번 세차게 칼 휘두르니 온통 다 빈 구석이다. 밑에서 위로 쳐올리며 칼날 걷어내고 그대로 급소 찔러 단번에 숨통 끊어준다. 가슴에 바깥 공기 들어가면 바람 빠진 주머니처럼 폐가 쪼그라져 아예 숨을 못 쉬지. 칼에 베인 통증보다도 코로 들숨 안 들어오니 그 큰 덩치가 눈 황소마냥 휘둥그레 치뜨고 팔 허우적거리며 낙엽 위에 뒹굴다가 그대로 정지한다.

거봐, 금방 끝나지. 나의 마지막 자비이거니.

한달음에 해윤사 올라가 정동마님 찾는다.

"왜요?"

밤 같이 따던 용순이가 대신 묻는다.

그래도 한집에서 같이 살던 서방인데, 무심코 내려가시다가 고운 눈에 처참하고 끔찍한 꼴 비치게 내버려둘 수야 없지 않은가.

"우리 마님은 오늘 여기서 지내신답니다. 밤새 기도하신다고."

할 수 없지, 그렇다면.

"마님 내려가실 때 이 길 말고 저 길로 모셔가게. 아니면 저기 저쪽 길로 모셔가도 괜찮고. 어쨌든 이 길로만 가지 말게."

"왜요?"

"으응, 이 길 중간에 멧돼지 소굴 있어. 집채만 한 멧돼지 사람보고 죽어라 달려들더라."

"어머나, 무서워라!"

"그러니 내 말 명심해."

"암요. 분명히 이 길이라고 했지요? 아휴 정말 무서워라."

욕심 같아선 나도 안 내려가고 그대로 절에 있고 싶다.

또 머리 깎고 중 될까.

큰스님 돌아오면 무수히 사람 베고 온 큰 살인자 산문 열고 받아줄까.

망자 모신 지장법당에서 사미가 제법 목탁도 두드린다. 둘째 날인가, 밥 먹고 행랑채에 잠깐 누웠을 때 우연히 귀동냥했다.

"저 사람 이 집 사위, 전에 황 아무개 집에 얹혀 지내다가 사라진 윤대봉이 아닌가?"

"그래?"

"윤대봉이라면 섬뜩한 놈인데?"

"사람은 모르고 나도 자자한 악명만 들었지."

"그때도 처음엔 식객으로 왔다가 황 아무개 딸을 후려서 사위 노릇 몇 해 하지 않았나."

"병술년에 황 아무개 칼 맞아 죽었지. 재산도 다 털리고."

"전에 여러 고을에서 현감 지낸 오동기를 황 아무개가 삼사와 금부에 고발해 징역을 살렸다더군. 오동기가 이를 갈았지."

"그게 윤대봉이와 무슨 상관이야?"

"오동기가 윤대봉이 뒷배니까 탈이지. 둘이 의형제라나.

아비들이 한날한시에 죽었대요. 임금한테 사약 받고."

"지금 복령군한테 가서 가마 탈 때 신발 털어준다는 그 오동기?"

"그런 자가 무슨 재주로 우상 따님은 후렸을까?"

"예끼 이 사람들, 우상이 어떤 사람인데 그런 자를 사위로 들여? 자네들이 사람 잘못 본 게지."

"잘못 보긴 뭘 잘못 봐? 이 친구가 장난삼아서 대봉아, 나를 부르는 양 큰 소리로 부르니 금세 휙 고개 돌려 돌아보던걸."

향당에선 육담이라, 곧바로 음담패설도 이어졌다.

"대봉이라니까 이름값 하나. 우상이 아무리 반대해도 따님 좋다면 그만이지."

사내들끼리야 그런 말 예사롭지만 내 귀엔 한없이 거슬린다. 고귀한 우리 소녀, 아름다운 옛일, 쌍스럽고 더러운 난전에 발가벗겨져서 이끌려나오는 느낌이랄까. 얼른 귀막고 일어나 나머지 얘기 몸에 담지 않는다. 그 정도 들었으면 가물거리던 내 기억도 충분히 또렷해졌으니까.

저녁부터 주룩주룩 비 내린다.

비 내리면 날도 일찍 저물고 밤하늘에 달도 별도 뜨지 않는다.

계곡 흐르는 물에 칼 여러 번 씻었는데 여전히 이상한 냄새 사라지지 않는다. 법당 향냄새 같았다가 때론 시체 썩는 고약한 냄새도 풍긴다. 그 두 냄새 분명히 다른데 내 칼집에선 비슷하다. 사람 벨 일 또 있어서 그런가.

"내일 하려던 입관을 오늘 밤으로 앞당기고."

우상이 대청에 나와서 선언하듯 크게 말한다.

"내일 날 밝는 대로 나는 한양으로 갔으면 한다."

다들 아무 대답이 없다.

"나머지 장례는 절차에 따라 너희가 지내라."

선산 있고 묘지 파놨으니 어려울 건 없다.

"살인범 잡는 일은 원이 하면 되고."

내가 부탁한 일, 우상의 연기는 한 치도 흐트러짐이 없다.

"여기 더 있어선 무슨 불상사가 또 생길지 모르겠구나."

명령 한 번 떨어지니 나머지는 일사천리, 일문 중에 염하는 이들을 종손이 데려와서 곧바로 입관절차 끝낸다. 염끝내고 입관할 때 곡소리 난다. 딸들이 아버지 입던 삼베옷 꺼내 들고 북쪽 바라보며 흔들어대고 고함치며 우는 것은 문중 풍습인가, 도섬 풍습인가.

한바탕 소란 끝나고 여기저기 향 피운다.

날 궂으니 지랄 같군. 구경하러 기웃거리던 조객들, 비 맞고 웅성거린다.

밤엔 해산물로 차린 안주에 술상 봐놓고 행랑채와 바깥 사랑에 거처하던 측근 남인들 노치 시켜서 일제히 내별당으로 부른다. 서백화와 양명길, 조만행이와 김무용이만 뵈지 않는다.

"한양에 가거든 우리 남인이 전부 뜻을 모으고 힘을 합쳐서."

죽은 임우신만 빼고는 다 모였다.

"심기일전, 새로운 각오로."

본래 비정한 게 인심인지 인간인지, 단짝 잃고 그렇게 울던 박소헌이 언제 그랬냐는 듯 이쪽저쪽 바라보며 활짝 웃는다.

"수령군 받들어 새로운 정사를 펴봅시다."

여기저기에서 조용히 박수 터진다. 그 소리 듣고 있으려니 벌써부터 감개무량하고 가슴 벅차다. 이런 날 끝내 오는가. 모시던 주군 용상에 높이 앉혀놓고 박별감과 둘이서 술

한 잔 오붓하게 마셔야지.

바깥엔 바깥대로 내포 현감이 관졸들 끌고 들어와 밥 먹인다고 부산스럽다.

비 오는데 고생 좀 하소. 갈림길에 횃불도 쓰고.

오며 가며 마주치면 눈도 찡긋거려주고 뒷돈도 넉넉히 쥐여준다.

술시 지나자 용왕 앞세운 사물놀이패 들어와 행랑채 마당에서 한바탕 논다.

이 또한 도섬 풍습이란다. 우상 같은 자가 나서 그렇지, 본래 도섬은 배 부리고 고기 잡아서 사는 촌 동네다. 당연히 풍습 또한 투박하고 거칠 수밖에 없다.

섬사람은 죽어서도 갯물 못 떠난다오. 임금이 다스리는 땅 떠나 용왕이 다스리는 나라로 간다네.

앞선 소리꾼 선창하고 뒤에 후렴구 길게 뺀다.

에헤라 어영차. 잘 가소 잘 가소. 우리 언제 또 만날까. 에헤라 잘 가소.

구경하러 나온 조객들 비 맞고 웅성댄다.

"날 좋을 때 다 놔두고 하필 궂은 날 노나. 날 궂으니 참

말 지랄 같군."

"용왕님이 궂은 날을 좋아한대요."

"누가 그래?"

"너는 놀아도 시비냐?"

"노는 것 보느라 옷 젖으니 그렇지."

잘 가소, 우리 언제 또 만날까. 한번 헤어지면 어디서 또 보나. 에헤라 잘 가소.

그런가? 이승에서 헤어지면 그걸로 끝인가. 다시 못 보는가. 영겁 흘러가도, 하늘 저 끝, 드넓은 우주 어디서도 감격적인 포옹, 하지 못하는가.

어머니 아버지 보고 싶습니다.

아버지는 얼굴도 모릅니다.

그런데도 저승 가면 만날 수 있을까요? 서로 알아볼 수 있을까요?

모른다고 그립지 않은 건 아닙니다. 아버지는 몰라서 그립고, 어머니는 그리워서 그립습니다. 어머니 그 따뜻한 품에 한 번 더 안길 수 있다면 무슨 대가인들 치르지 못하오리까.

정말 두 번 다시 그런 날 오지 않을까요.

이렇게 모든 게 끝이 날까요.

어머니 돌아가시던 그 날 밤하늘에선 강 저편에 뜬 달이 환히 빛나며 동에서 서로 지나갔다. 나는 서에서 동으로 갔던가.

열아홉 살에 처음 세상을 사랑하던 그때 그 시선으로 오늘과 만난다면 저 빗소리, 내 귀엔 어떻게 들릴까. 한 방울 한 방울 맑은 옥구슬 소리 내며 그때처럼 내 가슴에 수많은 파문 그릴까. 이 어둡고 혼탁한 마음 씻어낼 수 있을까. 몸으로 지은 죄, 빗소리에 씻습니다. 수리수리 마하수리 더할 나위 없이 지극한 깨끗함, 저승에 가면 반드시 이루게 하소서.

"드디어 우상께서 자네들을 보시겠다는군."

입관 끝내고 노치가 남도명에게, 남도명이 다시 조만행과 김무용에게 말한다.

"옛말 그른 것 하나 없어. 지성이면 감천이야."

조가와 김가가 남도명을 따라 희색만면해서 안채로 들어간다.

"여긴 자네한테 맡기네."

우상 문전 지키는 일, 노치한테 떠넘긴다.

"선다님은요?"

칼 맞으면 두고두고 아프지. 날 궂으면 한층 더 아프다. 게다가 곰처럼 무지막지한 놈 상대했더니 아물던 자상이 더쳤는지 온 등짝이 후끈거린다.

"몸이 영 안 좋네. 칼 맞은 데도 욱신거리고, 아무 데나 가서 눈 좀 붙이고 옴세."

"오늘따라 윤서방 나리도 안 계시고."

"그 양반은 어딜 갔나?"

"글쎄요, 아마 안으서 따라서 절에 가셨는지."

안채 나와서 행랑채로 간다. 사물놀이 와서 놀 때만 해도 나와 눈 마주치면 웃던 내포 현감은 임지로 떠났는지 뵈지 않는다. 초저녁부터 코 골며 자던 서백화도 갑자기 사라졌다. 그래도 아직은 때가 아니다. 사미한테 얻어온 양귀비 유즙 콩알만큼 떼어 혀 밑에 넣고 녹여서 먹는다.

아랫목 찾아서 등 붙이고 눕는다. 세찬 빗소리 들으며 눈 감는다. 이렇게 잠들었다가 깨지 않으면 꿈도 끝나겠지. 머릿속에서 은사스님 깨어나 소리친다.

'깨어보니 꿈인가. 그렇다면 너는 아직 꿈속에 있도다.'

살면서 문득문득 그런 생각 했지. 그때 광에 갇혀서 내가 그만 죽은 게 아닌가 하고. 그럼 뒤에 겪은 그 모든 내 인생은 현실이 아니라 그때 꾼 꿈이겠지. 어쩌면 나란 이는 꿈속을 살고 있는 허상, 허깨비가 아닐는지. 실존하는 인물이 아니라.

과거를 보는 것이야 그렇다손 쳐도 살다가 가끔은 미래를 보는 수도 있다. 불가사의하거나 허무맹랑하겠지만, 십 년 만에 꿈에서 조무열이 보았는데 뒷날 정말로 그와 만난다. 이를테면 그런 것, 방금 스쳐 간 이 풍경, 이 대목을 똑같이 지난 꿈에서 본 적 있다. 그럴 때마다, 그것도 매우 또렷하고 명징한 미래를 한 발 먼저 볼 때마다 나는 생각한다. 혹시 이 세상에서 사는 삶이란 게, 태곳적부터 머나먼 훗날 세상 끝날 때까지, 그 모든 세월이 이미 다 지나가 버린 게 아닌가 하고. 이미 지나가 버린 인생의 한가운데 내가 어떤 이유로 다시 와서 있는 게 아닌가 하고. 자꾸만 깨어나는 게 꿈이 아니라, 살아있는 이 자체가 실은 전부 꿈이 아닌가 하고.

"아이고, 이 피 좀 봐!"

누가 와서 건드리는 바람에 화들짝 놀라 눈 뜬다. 조무열이다.

"어디서 이랬소?"

그가 가리키는 곳 돌아보니 등 뒤가 온통 축축하고 새빨갛다. 그래도 아까보단 한결 후끈거리는 열기 덜하다. 양귀비 때문인지 출혈 때문인지 어찔어찔 현기증 인다. 바깥을 내다보니 비 그쳤는지 사람들 태연히 걸어 다닌다.

"가만 있어 보소."

그가 어디론가 가더니 짓찧은 부처손과 윗옷 한 벌 들고 온다.

"방금 우리 주인이 뒷간에 갔다가 날아다니는 복면 자객을 봤대. 이 양반 술 먹으면 하늘 쳐다보는 버릇 있거든."

담과 기와집 추녀 끝으로 종횡무진 내달리더란다. 윗도리 벗겨서 상처에 약 바르고 새 옷으로 덮어준다.

"자상이 무딘 걸 보니 서툰 자한테 당하셨네. 괜찮소? 안색 창백한데?"

나나 임우신과는 달리 우상의 막내아우가 입은 상처는 노치 칼솜씨가 아니다. 칼이 훨씬 깊고 자상이 깔끔했다. 숨통도 단번에 끊었다.

"혹시 오늘 밤에 서백화를 보셨소?"

음성 낮춰 가만히 묻는다.

"아까 초저녁에 한숨 자고 나더니 배 타고 내포로 간다고 집을 나갔네."

"금족령 내려서 내포 못 나갈 텐데요?"

"그러잖아도 배 묶어놓은 관졸이 안 된다고 말했다가 혼쭐이 났지. 뺨을 연거푸 세 대나 치더군."

아뿔싸, 그럼 놓쳤다는 말인가!

우상 암살을 포기하고 달아난다면 모든 게 수포로 돌아간다. 그럼 더는 잡을 방법이 없어진다. 그의 범행을 입증할 증거도 현재로선 확보하지 못했다. 갑자기 허탈감 밀려온다.

혼인계를 들고 내려와 우상을 설득하던 그가 왜 한편으론 우상을 죽이려고 했는지, 우상 암살을 지시한 배후는 누구인지, 끝까지 알아내지 못한다면 이번 나의 도섬 행은 대실패다. 우상을 해치고 주군의 왕위 계승을 막으려는 주적을 적발해 소탕하기는커녕 그들이 누군지, 정체가 무엇인지, 어떤 면면이 가담했는지 아무것도 밝혀낼 수가 없다. 일이 그리되면 가장 무서운 건 주군의 치세에서 당쟁이 더욱 심해질 거란 점이다.

막내아우를 잃은 우상은 남인 중심의 권력을 한층 강화

하며 좌상을 비롯한 서북인들 전체를 탄압하고 적대할 것이며, 선대에서 나라를 망친 보복과 증오의 당쟁이 고스란히 재현되어 주군의 치세를 무너뜨릴 것이다.

이런 악랄한 정쟁의 소용돌이 속에서 주군은 날마다 얼마나 괴로울 것이며, 백성들은 또 얼마나 피눈물을 흘릴 것인가. 그 되풀이되는 분열과 악몽을 막을 절호의 기회가 지금 내 손에 있다. 이 기회를 살리지 못하고 잃어버린다면 주군 역시 난군으로 전락할 것이며, 우리는 모두 난군의 신하들로 사서史書의 같은 종이에 기록될 것이다. 막아야 한다. 어떻게든 일이 내 손에 있을 때 그런 불행과 불상사는 막아야 한다.

바깥으로 뛰어나가서 내포 현감 찾는다. 나루터로 달리는 중간 중간에 기름 먹인 횃불 몇 군데서 활활 타고 있다. 비는 그쳤는데 하늘은 캄캄하다.

"사또! 정사또!"

술 팔고 밥 파는 주막에 관졸 사오십 명 자리 잡고 왁자지껄 요란하다가 내 목소리에 문득 조용해진다.

"뉘시온지?"

참견하고 나선 이, 너는 누군가?

"내포현 이방이오."

"사또는?"

"사또가 우리 술 시켜주고 간 뒤로 지금까지 종무소식이오. 우리도 이상하다, 이상하다 하면서 이렇게 속수무책 앉아서 기다리는 중입니다."

"누가 와서 데려갔는지 아시오?"

"글쎄요."

"나룻배 관리하는 책임자는 누구요?"

"우리 형방이 하는데 실은 형방도 사또와 같이 사라져서 뵈질 않소."

순간 일 났구나, 직감한다.

"나룻배 타고 뭍으로 나간 사람 있소?"

"없습니다."

관졸들 일으켜 세우고 불 하나씩 들려서 수색하라고 지시한다.

사또와 형방을 찾아라.

샅샅이 뒤지며 한 패는 상갓집 쪽으로, 다른 한 패는 미륵산 쪽으로 보낸다. 비 그치고 날 춥다. 한기에 등골이 시리다. 아픈 데 덧나서 그렇겠지. 점점 몸 떨려 예사롭지 않다.

"이보오, 안 춥소?"

옆에 달고 가던 이방한테 물으니 고개 젓는다.

"나리도 아까 막걸리 한 사발 드셨으면 좋았을걸."

내 몸 상태가 정상은 아닌 모양이다.

"어서 찾기나 합시다."

휘익, 휘이익!

미륵산 쪽으로 보낸 사람들이 이쪽으로 다급한 신호를 보낸다.

가보자!

관졸들은 수색을 계속하고 나와 이방만 달려간다. 좀 뛰면 나을까, 발걸음 빨리 놀려 달려본다. 이방 헉헉거리며 뒤따라와서 투덜댄다.

"무슨 걸음이 새보다도 빠르시오."

그 불평 미처 끝나지 않아서 이방 눈알 화등잔처럼 변한다.

"아이고, 사또!"

횃불 들고 둘러선 관졸들 중앙에 관복 입은 정사또 반듯하게 누워 있다. 표정 고요하고 여며놓았는지 옷자락 하나 흐트러짐이 없는데 단지 숨만 쉬지 않는다. 코에 손가락 갖다 대어보고 목젖 만져보니 아무런 미동 없이 이미 싸늘하다. 막내아우 칼 맞은 자리, 양손으로 겨드랑이 찌르니 피가 흥건하다. 역시 깊고 정확한 자상, 단번에 숨통 끊은 고수의 솜씨다.

"형방은 여기 있소!"

누군가가 소리친다. 현감 죽은 곳에서 불과 이삼십 보 거리에 형방아전도 엎드린 채 죽어 있다. 칼 맞은 자리 비슷하고 솜씨 똑같다. 범인은 하나다.

가만있자.

직감 하나 뇌리를 스친다. 이건 나를 유인해서 따돌리려는 위계 아닐까.

혼비백산한 이방에게 시신 거두고 나루터로 돌아가 아무한테도 배 내어주지 말라는 당부 남기고 그 자리 급히 떠난다. 가는 내내 줄곧 어지럽고 으슬으슬하다. 상처에 바람 들었나, 칼에 무슨 독 발랐나.

어떻게든 오늘 밤만 견디면 된다. 그럼 맡은 임무 끝난다. 그다음엔 어째도 좋다. 하루를 더 살아도, 십 년을 더 살아도 지금 생각엔 별 차이 없지 싶다. 우상을 지키는 이 임무만 끝내게 해주소서. 이 악물고 바람처럼 달린다.

야산 쪽으로 돌아가서 개울 건너고 담 넘는 게 훨씬 빠르다. 거리가 절반도 안 되거든. 가을비에 불어난 개울 건너서 담 넘으려 위를 쳐다보는데 시커먼 그림자 하나 짐승처럼 웅크린 채 나를 내려다본다. 예상치 못한 곳에서 마주친 복면 자객, 깜짝 놀라 뒷걸음질 친다.

담 위에 쪼그리고 앉은 시커먼 그림자, 올려보니 새삼 태산만 하다.

"여기서 무얼 하시오, 서백화 나리?"

다짜고짜 던진 말에 상대가 잠시 멈칫하는 게 느껴진다.

"우상을 왜 죽이려 합니까?"

"자네가 날 아는가?"

그가 되묻는다.

"나리는 저를 몰라도 저는 나리를 알지요. 좌상 대감 명받아서 오셨습니까, 복령군 명받아서 오셨습니까?"

"그러고 보니 수령의 수하로군."

서백화가 그제야 복면을 벗는다.

"나리, 천한 목숨도 목숨입니다. 벼슬 높이 사신 분이 사람 왜 저리 베십니까?"

대답이 없다. 그러나 또 한 번 멈칫하는 게 느낌으로 온다. 그 순간을 놓치지 않고 칼 뽑으며 동시에 선제공격한다.

불시의 일격을 당한 상대가 급히 피하며 칼집으로 동선을 가로막는다.

쨍그랑!

쇠 부닥치는 소리와 함께 서백화의 칼집이 공중 높이 솟았다가 그대로 땅에 떨어진다. 이제 상대는 칼을 잃었다. 그런 자를 제압하기란 식은 죽 먹기다.

"빠르군."

땅에 내려선 그가 제법 호기와 여유를 부린다.

이름난 한양 멋쟁이라서 그런가.

하지만 지금은 멋을 부릴 때가 아니다. 공중제비로 날아올라 그의 어깨를 타고 앉는다. 그가 팔을 뻗어 내 옆구리를 쥔다. 팔꿈치로 가격하듯 뿌리치고 그대로 목을 휘감는다. 순간 서백화가 몸을 반대편으로 강렬히 뒤챈다. 예상치 못한 반격이다. 물구나무를 서며 팔로 땅을 짚는데 등과 어깨에서 엄청난 통증이 엄습한다.

어이쿠, 소리가 절로 나오고 그대로 고꾸라진다. 그 틈에 서백화는 땅에 떨어진 자신의 칼을 발끝으로 차올린다. 상대는 다시 칼을 가졌다.

"제법 상대 같은 상대를 만났구나."

한마디 내뱉고 그가 지붕으로 몸을 날린다. 빠르고 날렵하다. 이번엔 칼이다.

팔다리가 길어서 그런지 움직임이 유연하고 우아하기까지 하다. 한양 멋쟁이는 싸우는 것도 멋있군. 정통으로 배운 칼솜씨, 기본에 충실한 경기검법이다. 기본에 충실한 검법은 상대하기 어렵다. 허虛가 없기 때문이다. 가장 까다로운 게 그것이다.

"말랑하게 보지 말게. 나도 칼 한 자루로 여기까지 온 사람이야."

예닐곱 합 겨루고 떨어졌을 때 그가 한 말이다. 솜씨 대단하다. 그리고 숨소리 하나 흐트러짐이 없다. 다리 힘도 워낙 짱짱해서 조금도 밀리지 않는다.

"필검을 쓰는군. 어디서 배웠나?"

"한정규에게 배웠소."

"한정규라면 와선당의 수제자?"

"아십니까?"

"알지. 나도 한때 와선당 문하에서 배운 적 있었네."

그가 필검법으로 나를 공격했다. 마음 심心을 썼다. 나역시 마음 심心으로 막았다. 빈틈없는 필검이다. 심은 심으

로 막는다. 필검을 배울 때 처음 가르치는 기본 중의 기본
이다.

"정규한테 제대로 배웠군. 그래서 이런 수를 즐겨 쓰는
구나."

그가 갑자기 필검을 변형해서 들어왔다. 충忠 자다. 충은
무엇으로 막는가. 가운데 중中 자를 쓸 때 한 번 끊어주고
역시 심을 심으로 막으면 된다. 가운데가 꺾인 충은 충이
아니다.

남녀는 보면서 정들지만 무사는 싸우면서 정든다. 필검
을 쓰는 그가 반갑기도 하거니와 과연 한양 멋쟁이, 칼 쓰
는 움직임에도 어딘지 인품과 기품이 묻어나온다. 잔재주
안 부리고, 내 칼 끝 열렸을 때도 야비한 공격은 하지 않았
다. 이런 싸움 한번 하고 나면 이기든 지든 가슴 후련하다.
인간으로서 한없는 자부심도 느낀다.

삼십 합 족히 겨루었나. 점점 그가 좋아지려고 할 때 홀
연히 밤공기를 가르며 비명소리 들린다.

"자객이다, 자객! 저놈 잡아라!"

안채 내별당 근처에서 들려오는 소리다. 훌쩍 뛰어서 담
과 지붕으로 솟아오른다. 건너편으로 고개 빼고 보니 캄캄

한 어둠 속에 흰 물체 하나 바쁘게 달아나고 그 뒤로 횃불 두셋 달려간다. 그때 서백화의 칼이 진로를 가로막는다.

"승부는 가려야지."

백화 말고 자객 또 있지.

갑자기 마음 바빠진다.

엉겁결에 날아오는 칼 막고 허리 숙이며 재빨리 칼날 반대로 고쳐 잡는다.

베려고 그랬던 건 아니다. 서로 기운 빠지면 말로 물어 볼 심산이었다. 왜 우상을 죽이려 하느냐고. 배후가 누구냐고. 그를 죽일 마음은 필검으로 응대할 때 이미 사라졌다. 그는 내가 여태까지 칼 쥐고 싸워본 사람 가운데 최고로 멋진 상대였다. 점잖고 격조가 있는 사람, 칼 들고 그런 인물 쉽지 않다. 하기야 목사, 관찰사 지냈으면 그 정도 인품은 갖추어야지.

그런데 칼이 그만 주인의 마음을 읽지 못했다. 일진 사나운 날 내게도 있었지. 그에게 오늘이 바로 그런 날이었나. 내가 칼날 고쳐 쥔 것 알지 못한 그가 칼등인 줄 알고 몸으로 밀어냈는데 그만 정통으로 왼 가슴 베이고 말았다. 칼날에 체중 실리며 베고 지나가는 느낌이 손에 전해지는 순간 황급히 힘을 뺐다. 하지만 이미 때는 늦었다. 가슴에서 터져 나온 뜨거운 피 사방으로 튀어간다.

"나리!"

급히 칼 내려놓고 달려가서 뒤로 안는다. 피 뿜어져 나오는 가슴을 내 손으로 틀어막는다. 그가 체중을 내게 싣고 잔기침을 쿨럭인다.

"나는 이 나라 충신이다. 너는 지금 충신의 가슴을 벤 것이다."

가까스로 그가 말했다.

"네가 물었지. 누구의 명받아 왔느냐고. 말해주마. 나는 혼자 왔다. 누구의 명도 받은 바 없다. 알겠느냐?"

그의 말소리가 기운은 빠지며 조금 더 빨라진다.

"심숙보가 왕후를 범했다. 신하가 내관과 상궁을 매수해 국모를 범하고……, 그 수모를 이용해 권력을 강탈했지."

설마?

말문 막힌다.

"사실입니까요, 그게?"

베인 상처를 감싸 쥔 내 손을 그가 자신의 손으로 덮는다.

"이상한 소문 듣고 왕후 계시는 전각에 갔는데, 말씀 한

마디 못하시고 그냥 한없이 우셨다. 한참을 앉았다가 그 길로 칼 챙겨 내려왔거늘……."

그가 목 젖혀 나를 올려다본다.

"나는 나라와 사직을 지키려고 왔다. 네가 칼로 보호하려는 것은 무엇이더냐?"

말 마치자 그 자세 그대로 숨을 거둔다.

내 칼이 백화를 베고, 백화가 남긴 말이 나를 벤다.

말에 베인 가슴, 쓰리고 아프다. 피 뚝뚝 흐른다.

나는 칼로 무엇을 보호하는가?

"저놈이다, 저놈!"

멀리서 또 고함 소리 들려온다. 무슨 정신인지, 안고 있던 백화 내려놓고 담 아래로 뛰어내려 야산으로 달려간다. 내 정신 아니다. 무엇에 홀린 듯 어리둥절하고 무얼 어떻게 해야 할지 분간도 서지 않는다. 다만 도둑놈 잡아야지, 노치 이놈 붙잡아 정체 밝혀내야지, 그 일념뿐이다.

야산 돌아서 헛간 앞에 오니 짙은 어둠 속에 사람 하나 서 있다. 본능적으로 몸 숨긴다. 어둠에 숨어 유심히 보니 여자다. 주막집 그 여자, 봇짐 하나 가슴에 품고 초조하게 오락가락 헛간 근처 배회한다. 조금 있으니 발소리 쿵쿵거리며 누가 뛰어온다. 노치이려니, 틀림없는 노치이려니 했는데 뜻밖에도 조무열이다.

"놓쳤군. 분명히 이리로 가는 걸 봤는데."

그에게 자세한 얘기 듣는다. 노치가 우상을 칼로 찔렀다고. 이유를 그도 모른다.

"마침 우리 주인이 귀한 보물을 들고 우상을 찾았다가 칼 든 노치와 정면으로 마주쳤다네. 조금만 늦었어도 큰일 날 뻔했대요."

그가 혼잣말처럼 덧붙인다. 등잔 밑이 어둡다더니, 근데 하인이 무슨 원한이 져서 주인을 찌르나?

이유가 이제 곧 밝혀지겠지. 나는 헛간으로 올라가서 문 앞에 서성이던 여인을 붙잡는다.

"주모, 여기서 노치를 왜 기다리시오?"

여인이 돌연 땅바닥에 털썩 주저앉는다. 그리고 엉엉 소리 내어 울기 시작한다. 조무열과 내가 서로 얼굴 마주 본다. 여자 울 때 달랠 재간이 그도 없고 나도 없다.

한참 꺽꺽대며 울던 여인이 뭘 좀 풀어냈는지 입을 연다.

"옛날에 호조판서 지낸 정인국 대감이 내 아버지요."

그 말 한마디에 백 가지 의문 한순간에 날아간다.

사대부 집안에서 귀한 딸로 태어나 사랑 독차지하고 살다가 열대여섯에 홀연히 집안 풍비박산 나고 어머니 따라 황해도 어디에 관비로 박혀 서른 넘어서까지 험한 일 궂은 일 도맡아 하며 지옥 같은 한세상 살았다. 마침 전에 대감 딸이었을 때 집에서 종살이하던 남자를 우연히 만났는데 그가 노치였다. 자기는 그냥 다 잊고 살려는데 노치가 끝까지 우겼다. 복수하자고.

도섬 들어가서 살면 언제고 한번은 내려오지 않으리.

장장 십 년을 도섬에서 오늘 같은 때 오기만을 기다리며 살았단다. 노치는 본가에 머슴 살고, 자신은 나루터에 주막 열고. 도섬 사람 눈 피해 새파랗게 이 갈며 기다렸단다. 그 말 끝나갈 때쯤 발소리 들린다. 조무열은 허리 숙여 엎드리고 나는 여인네 입 틀어막는다. 그때 여인네가 무서운 힘으로 입 막은 내 손 뿌리치며 사력을 다해 고함지른다.

"어서 달아나요, 서방님! 여기 사람 있어요!"

칼에 베인 우상의 상처는 별로 깊지 않았다. 아파서 누워 있는 줄 알았는데 불 훤히 써놓고 누군가 데리고 앉아서 연설하는 중이다. 듣기로 옆구리에 한 뼘, 본래 칼이 서툰 노치 아니던가.

"사람들은 흔히 말하지. 어떻게 그럴 수가 있느냐고. 그럼 내가 하나 물어봄세. 자네가 만일 힘 가졌는데, 손가락 하나 까딱해서 열 명, 스무 명 보기 싫은 자 한순간에 없애버릴 힘 가졌는데 그 힘 아끼고 쓰지 않겠나? 보기 싫은 얼굴 보면서, 제 괴로움을 제가 참아가면서 그 힘 끝까지 안 쓰고 배길까? 어떻게 그럴 수 있느냐고 따지고 비난하는 자들은 자기한테 그런 힘이 없기 때문이지. 힘없는 것들이 꼭 뒷전에서 욕하고 비난하지. 어떻게 그럴 수 있느냐고. 저희들 힘 가지면 열 몫 백 몫 더할 것들이 말이지."

조금 있다가 또 말한다.

"지금까지 임금을 몇 사람 겪어봤지만 사람 사는 거 다 똑같습디다. 미쳤다는 임금도, 갈아치운 임금도, 그만하면 성군이라던 임금이 다스리던 시절에도 뭐 달라진 게 있어야지. 예나 지금이나 사람은 아침에 일어나 일하고 밤에 잠들지. 임금 바뀐다고 입에 들어오는 게 달라지나, 몸에서 나가는 게 달라지나? 풍년 든다고 두 끼 먹던 사람 세 끼, 네 끼 먹나? 어차피 인생이란 게서 게야. 세상을 어디 임금 혼자 다스리나? 폭군은 화 먼저 내고 뒤에 달래지만 성군은 앞에서 달래고 뒤에서 화내지. 옳은 임금은 아침에 일하고 저녁에 쉬지만, 그른 임금은 아침에 쉬고 저녁에 일해. 게서 게란 겁니다. 그러니 앞날 너무 기대하지 마시고 우리끼리 서로 도우면서 살 방안을 찾는 게 현명해요. 어느 시대에나 위로는 임금, 아래로 백성은 있어요. 이건 불변이야. 그들이 세상을 바꾸지 않아. 바꾸려고 해도 못 바꿔. 그럼 세상은 누가 바꾸느냐?"

칼 잘못 맞았나, 해괴한 논리 펴며 열변 토한다. 한층 드높아진 음성이 파르르 떨리기까지 한다.

"그 사이에 있는 우리네 같은 신하들, 온갖 충신, 악신, 간신, 양신이 서로 조화를 이루며 만들어가는 게 세상이지. 왕은 누가 돼도 상관없어. 좌상과 내가, 민윤복이와 이 심숙보가 서로 도울 건 돕고, 맞설 건 맞서가면서 천하를 이끌어가는 거지. 지금 이 말, 민윤복이 귀에 넣어놓고 한번 봅시다. 그가 좋다면 합치는 거고, 싫다면 따로 가는 거야. 아시겠소, 양승지?"

살 떨린다. 참으로 무서운 생각이다. 저런 자 믿고 임금 될 꿈 꾸었던가. 주군이시여, 탄식 절로 나온다. 거기서 끝났다면 그래도 나았을걸. 내친김에 그가 한 발 더 나간다.

"세상은 임금과 신하들의 싸움이오. 역사란 게 말이지. 우리는 지지고 볶아도 한편이야. 적은 임금이지. 임금이 신하를 죽이지 신하가 신하를 죽이지는 않아요. 남인과 서북인이 하나가 돼서 임금을 세워야지. 그래야 우리가 오래도록 권세를 누리지. 세상도 태평하고. 이런 말 해서 어떨지 몰라도 임금은 그저 들에 선 허수아비야. 그래야 좋은 세상이 오는 거지."

나는 충신이다. 나라와 사직을 지키려고 왔다. 네가 칼로 보호하려는 것은 무엇이냐?

말에 베인 상처, 아프고 눈물 난다. 끊임없이 붉은 피 흐른다. 칼에 베인 상처는 아무것도 아니다. 말이 칼보다 무섭고 날카롭다. 훨씬 깊이 와서 박힌다. 살갗이 아니라 마음과 혼을 벤다. 칼은 한번 베면 그뿐이지만 말은 베고 또 벤다. 서백화가 남기고 간 말은 잠깐 사이에 수십 번, 수백 번도 더 나를 난도질한다.

내 칼은 무엇을 지키는가? 악인가, 선인가?

어디선가 두견이 운다. 가을 깊은데 두견이 울 리 없다. 그렇다면 이 또한 꿈이려나. 늦도록 떠나지 못한 새. 돌아가지 못할 일을 걱정하는가. 애달프다, 그대 불여귀不如歸.

촉나라 황제 두우杜宇의 넋이여. 망국을 슬퍼하며 울던 울음소리, 얼마나 한이 깊으면 새가 되어 지저귀리. 그러나 두우여, 이미 나도 돌아가지 못할 강물 건넜노라. 나 또한 필시는 불여귀일지니.

"여어, 장선달!"

문 활짝 열어젖히고 우상을 내려다본다. 그가 놀란 표정을 지었다가 이내 웃으며 반긴다.

"아유, 등에 저 피 좀 봐!"

내 뒤에서 누가 소리친다. 등이 아니라 문제는 가슴이다. 말에 베인 가슴, 그곳에서 피 너무 흐른다.

주군이여, 저는 꿈을 좇아 여기까지 왔다가 그만 진창에 빠졌나이다. 도섭에서 갈팡질팡 길을 잃었나이다. 이제 어디로 가야 하오리까.

내가 아는 주군이 웃으며 대답한다.

장부가 꿈을 좇다가 진창에 빠지는 것은 허물이 아니다.

역시 우리 주군이다.

꿈 없는 장부가 도리어 허물이거니!

그렇지요?

칼 뽑는다.

처음으로 항명합니다. 주군께 받은 명령, 처음이자 마지막으로 항명합니다.

"여보게, 장선달!"

크게 고함지르는 소리, 내 귀엔 벌써 먼 산 두견이 울음처럼 아득하다. 망제望帝 두우여, 별령의 아내 왜 유혹했던가. 망국의 씨앗은 뜻밖에 사소한 곳에서 싹튼다. 이런 자 곁에 두고 무슨 정사 제대로 펴리.

"자네 왜 이러나, 이거 정말 왜 이러나……."

주군이여, 차마 더는 명을 받들지 못하겠나이다. 주군이여, 부디 용서하소서.

베고 돌아서서 절절한 마음으로 몇 글자 덧붙인다.

사람은 저희가 잘 봅니다.

주군 앞에서는 모든 이가 치장하고 꾸미기에 여념이 없지만 저희 앞에서는 아무도 맨얼굴 꾸미지 않기 때문입니다. 거기서 보던 사람, 딴 데서 무심코 하는 짓 보면 그 사람이 정말 그 사람인가 몇 번을 고쳐 봅니다. 주군 앞에서 꾸미던 그 얼굴, 바깥에선 전부 다 연기처럼, 거짓말처럼 사라집니다. 그런 자들이 신임을 얻으면 결국엔 난신적자

자 육사신六邪臣 되어 종묘사직을 흔들고 정사를 어지럽힙니다. 심숙보 역시 주군 앞에서는 죽어도 하지 못할 말, 거만하게 나불대다가 신의 칼에 죽었나이다. 그가 뱉은 불충한 말들은 너무도 간교하고 사악하기에 들은 자마저 오염시킬까 부득불 몇 사람 같이 벱니다. 이들이야말로 주군의 시대를 어지럽히고 주군의 정사를 망칠 가장 무서운 적입니다. 이런 자들이 주군의 치세를 좌우하는 꼴은 차마 두고 볼 수가 없습니다. 신이 몰랐으면 모르되 정체를 알고 나서는 잠시라도 주군 곁에 다가가게 버려둘 수 없었나이다. 이것이 먼저 베고 뒤에 아뢰는 까닭입니다.

이젠 이런 자들 눈치 안 보고 마음껏 주군의 뜻 펼치시겠지.

그 말 마지막으로 하려는데 저 멀리서 우상의 아들들이 하인과 집안사람들 잔뜩 데리고 달려오며 소리친다.

"잡아라, 저놈이 아버지를 벤 놈이다! 저놈 잡아라!"

17

낙홍

한세상 살면서 나는 몇 사람 깊이 알고 이해하며 좋아하였나. 지금은 주위에 몇 사람 그런 사람 있는가.

자꾸 흐려오는 정신 나뭇가지 꺾어서 찔러가며 가까스로 버틴다. 어머니 돌아가시던 날 동에서 서로 가던 달님, 비 그친 먹구름 사이로 잠깐씩 얼굴 내밀어 나 여기 있다고 말한다. 달빛 비치면 마음 좀 낫다가 사라지면 다시 마음 쓰리고 아파온다.

나는 충신이다. 너는 무엇이냐?

죽은 서백화가 산 내게 묻는다. 한양 멋쟁이, 죽을 때도 멋있더군. 나도 그렇게 죽어야 할 텐데.

선뜻 꼽히는 사람 없는 걸 보면 나도 과히 잘산 인생은 아니다. 늘 경계가 먼저고, 좀 친해지면 속 다 열어서 보여주곤 했지. 하지만 나 같지 않으면 금세 마음 닫아걸고 몸 사렸지. 혼자라서 울타리 더 치고 살았던가. 언제부턴가는 한사코 새로운 인연 안 만들었지. 그게 가장 후회스럽다. 사랑 더 많이 못 한 것이.

주군 임금 만들고 나면 나도 칼 내려놓고 사랑할 사람 한번 다시 찾아볼까. 사랑. 입에 올리니 갑자기 쓴웃음 묻어난다. 내 주제에 무슨 사랑을 하랴. 전에 산골에서 누에 치고 살자던 여인도 있었지.

내포 오가는 나루터엔 군사 쫙 깔렸고, 새벽부터 여기저기 인기척 소리 들린다. 밤새 울던 두견이도 해 뜨면서 잠잠하다. 도섬 무사히 빠져나가는 게 만만치 않겠구나.

수시로 졸음 쏟아진다. 혼절하지 않으려면 자꾸 움직여야지. 물에 칼 씻는다. 깨끗이 씻어 등에 거는데 또 그 향냄새 난다.

해윤사로 피신할까.

잠 쫓으려고 밤길 더듬어 찾아간 해윤사, 먼발치에서 심연홍이 얼굴 본다. 감회 복잡하고 입맛 씁쓸하다. 빠르다, 빠르다 해도 인생 봄날만큼 빠른 게 또 있으려고. 소녀야,

끝까지 우리는 악연인가 보다. 무엇이 이처럼 기구하리. 허공에 대고 부질없이 묻는다.

나 아니면 당신 인생 달라졌을까? 당신 아니면 내 인생 달라졌을까?

자꾸 모든 것이 희미해져 간다. 설상가상, 안개 자욱하게 온 섬을 가린다. 희부연 세상, 여기도 도섬, 저기도 도섬. 늦도록 해도 뜨지 않고 새도 날지 않는다.

나는 충신이다. 서백화가 또 나타나서 내 마음 잔인하게 베고 간다.

소녀, 새벽에 정화수 뜨러 나오다가 우물 앞에서 정면으로 딱 마주쳤다. 이곳이 끝인가. 절벽 난간에 위태로이 딛고 서서 마지막 인사 나눈다.

여기가 끝입니다. 잘 가세요.

소녀 먼저 먹빛 안갯속으로 사라지는데 나는 못내 고개 돌리지 못하고 한참을 바라본다.

연홍아, 어차피 우리 한번 만날 인연이었다면 그때 아니라 지금 만났으면 어땠을까? 오늘 해윤사에서 처음 만났다면 우리 해로할 수 있을까? 너를 끝까지 내 품에서 지켜낼 수 있을까? 연홍아, 우리가 너무 일찍 만나서 그처럼 뼈아프게 헤어졌을까?

그래도 네가 있어서 세상이 아름다웠지. 너를 만나서 다행이었지. 그나마 행복했었지. 아니면 어쩔 뻔하였니? 정말…….

해윤사에서 내려온다. 정신이 혼미하니 판단 자꾸 흐려진다. 피신처로 어림없다. 날 밝으면 해윤사부터 수색하겠지.

안개 자욱한 숲 속을 헤매다가 어딘가에서 깜빡 잠이 든다. 소스라쳐 깨어보니 무슨 배 탔는데 꿈이다.

깨어보니 꿈인가, 그렇다면 아직도 기회는 있다.

몸만 성하면 헤엄도 칠 수 있는 저편, 강물 제아무리 깊은들 한생 거뜬히 살아낸 인생 깊이만 하리. 물에 비친 내 모습 본다. 초췌한 늙은 사내, 내가 그를 보고 그가 나를 본다. 눈빛 왜 그리 슬픈가. 나이 들어도 변하지 않는 것, 어려서와 똑같은 것 있다면 그건 나다. 나이 들면서 변하는 건 늙은 사내다. 이승에서 만난 늙은 사내, 물론 처음부터 늙은 건 아니었지. 처음엔 어린애, 소년, 청년 지나고 갈수록 늙어버렸지. 이 사내와도 이승 떠날 때는 헤어지겠지. 이 세상에 버리고 나 혼자 가겠지. 혼자서 부쩍 늙어버린 이 사내, 갑자기 불쌍하다. 나하고 살면서 고생 많았지. 내가 위하지 누가 위하랴. 우리 헤어지는 날까지 이젠 내가 잘 보살펴주겠네.

갑자기 도섬 들어오던 때 생각난다. 그때 외포에서 배 탔지. 배 내린 곳은 야산 뒤쪽에 붙은 서쪽 나루터, 넓은 갯바위에 나뭇조각 걸쳐놓은, 지금은 좀처럼 쓰지 않는 곳. 혹시 그곳에 빈 배 그대로 있지 않을까.

불빛 같은 빤한 희망 하나 걸고 안간힘으로 야산을 넘어간다. 움직일 때마다 바짓가랑이 끝에서 핏물 뚝뚝 떨어진다. 밤새 한 되는 족히 흘렸을까. 이러다간 정말 죽을지도 모르겠군.

기억 더듬어 왔던 길 내려오니 자욱한 안갯속에 빈 배 과연 그대로 있다.

옳거니, 쾌재 부르고 배 끌어당긴다.

도섬에서 나는 쫓기는 몸이지만 섬만 벗어나면 죄인이 아니다. 죄인은 따로 있다. 끌어당긴 배 위에 올라타려는데 갑자기 위에서 누가 불쑥 나온다.

"누구세요?"

얼마나 놀랐는지. 죽은 사공 살아서 나오는 줄 알았다. 정신 차리고 찬찬히 살펴보니 머리 질끈 동여맨, 얼굴 동그랗고 참한 처녀다. 스물이나 됐으려나.

"처자는 누구신가?"

물으면서 한편으론 배 모양 살핀다. 이 배가 분명 그 밴데?

"저는 이 배 뱃사공이에요."

가만있자, 그럼 그 배가 아닌가 보군. 뭐면 어떠리.

"나를 외포까지 좀 데려다주소."

선혈 낭자한 바지춤 뒤적거려 있는 대로 돈과 은붙이 건
넨다. 뱃삯으론 충분할 테지.

"고맙습니다."

처녀 공손히 인사하고 안개 짙은 강으로 능숙하게 배 띄
운다. 흐르는 물살 위에 몸이 일렁이며 떠오른다. 그제야
만 가지 근심 내려놓고 뱃전에 몸을 기댄다.

이제 끝났구나. 무사히 임무를 마치고 주군께 돌아가는
구나.

품에 간직한 주군상서 꺼낸다.

*주군과 함께 왔더라면 절대로 보지 않았을 일들 많이 보
고 갑니다.*

사람들은 늘 그렇지요. 주군 앞에서 하는 언행과 주군

없는 곳에서 하는 언행이 천양지차입니다. 일치하는 자 단한 사람도 보지 못했지요. 주군께서는 보고 싶어도 평생 보지 못할 것들이 너무 많습니다. 그래서 어쩌면 세상을 모르고 사람의 실체는 더욱 알 수 없는지 모릅니다.

주군 앞에서는 모든 것이 양달입니다. 응달은 없습니다. 좋은 것, 기쁘고 즐겁고 화려한 것만 햇빛 아래 가득히 펼쳐놓습니다. 우는 아이는 가차 없이 응달로 쫓아버리고 장막으로 가려놓습니다. 주군과 저는 같은 세상을 살지만 서로 전혀 다른 세상에 있는 까닭입니다.

거기까지 쓰고 몇 자 더하려는데 돌연 펼쳐놓은 종이 위로 붉은 핏방울 점점이 확 번진다. 이게 뭔가, 의아해하는 순간 갑자기 등을 관통해 폐와 심장에까지 엄청난 고통이 파고든다. 날카롭고 기다란 무엇, 칼인가 하고 돌아보니 뾰족한 쇠꼬챙이 같은 것이다.

"우리 아버지, 네가 죽였지?"

뱃사공 처녀, 증오에 가득 찬 눈으로 벌벌 떨며 앙칼지게 소리친다. 오호, 그렇다면 네가 그 홍이, 가만있자, 인홍이겠구나.

"언제고 너 올 날만 기다렸다 이놈!"

그래, 그랬구나. 참으로 효녀구나. 아버지 네 자랑 참 많이 하셨지.

아무렴 그래야지. 아버지 억울하게 비명에 갔으면 자식이 그 원수 어떻게든 갚아야지. 기특하다는 칭찬 해주려는데 이 녀석이 찌른 날카로운 꼬챙이 하도 깊어서 말이 안 나온다.

과거를 보는 것이야 그렇다손 쳐도 살다가 가끔은 미래를 보는 수도 있지. 전에 한번 말했던가. 이 풍경, 내가 배 타고 죽는 이 그림을 언젠가 꿈에서 똑같이 본 것 같다고. 그래서 생각했지. 혹시 이 세상에 나서 산다는 게, 태곳적부터 세상 끝날 때까지, 그 모든 세월이 이미 옛날에 다 지나가 버린 게 아닌지. 그랬는데 내가 어떤 이유로 다시 와서 잠깐 그 속에 머물다가 가는 게 아닌지. 자꾸만 깨어나는 게 꿈이 아니라, 마지막에 죽는 그 순간이 정말로 꿈에서 깨어나는 게 아닌가 하고.

차마 미련 놓지 못하여 몇 자 덧붙입니다. 세상에 남겨둔 수많은 아들딸, 금쪽같은 새끼들, 신분이 아무리 낮고

천해도 모두가 천하에서 제일 귀한 사람들, 부디 잘 거두소서. 미륵이 이 땅에 도래하지 않은 것처럼, 만인이 바라는 거룩하고 성스러운 임금도 아직 오지 않았나이다. 주군이여, 가난해도 사랑하면 행복하게 살 수 있는 세상 꼭 만드소서. 이 땅에 사람으로 온 것을 한없이 고마워하도록, 새, 나비, 꽃으로 오지 않고 가난하지만 사람으로 태어난 것을 무한히 감사하게, 그런 세상 지상에 꼭 한번 열어주소서. 신의 마지막 충언, 부디 잊지 마소서. 이별하는 감회 가슴에 묻고 구차해질까 저어하여 별사 따로 엮지 않습니다. 내내 평강하소서. 주군이시여, 나의 주군이시여!

　새털처럼 많은 헤아릴 수 없는 나날을 사는 것 같아도 인연이 다하면 일각일초도 더 허락하지 않는 것이 세상이요, 목숨이다.

　자욱한 안개 헤치고 일출 바라보며 나룻배 한 척 떠가다가 강물과 바닷물이 만나는 어귀쯤에서, 누군가가 뱃전에 나와 물로 풍덩 뛰어든다. 그 이후로 배는 그만 갈 바를 잃고 멋대로 표류하다가 물길 따라 그대로 서해바다로 흘러간다. 망망대해를 배경으로 차츰 점으로 변해가는 그 일엽

편주도 한 폭 쓸쓸한 그림이거니와, 그 그림 위에 바람 따라 늙어가는 나뭇잎, 붉어서 떨어지는 만추의 낙홍落紅 시나브로 덮여가는 풍경 또한 그에 못지않은 고요하고 적막한 절경이었거니.